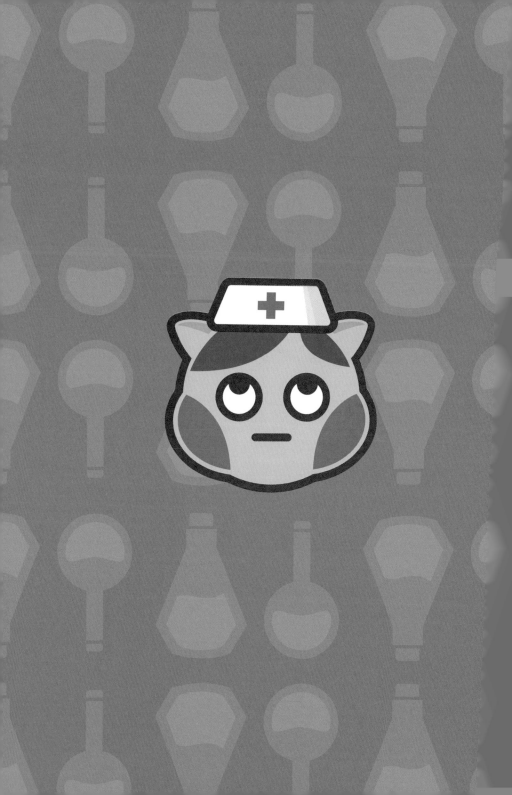

點子出版
IDEA PUBLICATION

序

　　《診所低能奇觀》不知不覺已經係第三集，我亦都不知不覺做咗十二年診所助理⋯⋯真係由少女做到變阿毛！慶幸嘅係，十二年診所生涯中我冇變到質，仍然係一個順應天命嘅冗員。

　　第三集喇喎！我哋之前笑又笑過，喊又喊過，嬲又嬲過⋯⋯今次呢本畀返少少正能量溫馨小品大家啦！少少好喇！太多就變心靈雞湯，個個喊到豬頭咁搵我仲得了嘅？我哋一齊笑騎騎睇住隻豬點畀不同嘅病人折磨糟蹋，睇住隻豬點仆街，真係透心涼，爽爽豬呀喂！

　　唔開心嘅你，希望你睇完會開心啲～
　　覺得我講嘢係負能量嘅你，希望你唔好唔好再咁負能樣～
　　開心嘅你，記得 Keep 住！香港人最缺乏嘅就係笑容～

　　你今日笑咗未呀？生活已經夠扐，獎一個笑容畀你疲累嘅心靈同身軀，好嗎？

　　(￣▽￣) 哎喲⋯⋯笑得咁好睇，唔笑嘥咗你～

珍寶豬

CONTENTS

case	#1-29

#1　成雙成對　014
#2　戲子　017
#3　頭暈　018
#4　打格仔　020
#5　升仙　022
#6　抗戰勝利　023
#7　返工為表現　025
#8　隊入啲　027
#9　烏里單刀　028
#10　反轉豬肚　030
#11　唔好呃我隻豬　032
#12　金舌頭　034
#13　覆診卡　036
#14　試味專員　037
#15　無辜的牌仔　040

#16　眼神　041
#17　一桿入洞　044
#18　I Have A Dream　046
#19　思考我的存在意義中　048
#20　敲擊樂　050
#21　1823　052
#22　香水　054
#23　口與身體很誠實　056
#24　真性急　058
#25　黑工　060
#26　包皮　062
#27　十八銅人　064
#28　善變的女人　066
#29　暗瘡膏　068

診所低能奇觀 3
FUNNY + CLINIC

case	#30-59

#30	等著你回來	072	#51	粟米湯	121
#31	哇聲四出	074	#52	醜死怪	124
#32	能力者	076	#53	沙漠	125
#33	粟米便便	078	#54	軟硬	128
#34	屎忽鬼	080	#55	醒目太太	129
#35	童年陰影	083	#56	渾渾沌沌	132
#36	插插插	086	#57	女仔	134
#37	全套檢查	088	#58	名字	136
#38	西藥有渣	090	#59	無屎則清	138
#39	排油丸	092			
#40	現眼報	096			
#41	白帶	098			
#42	早洩	099			
#43	我是平嘢	102			
#44	口探添煩惱	104			
#45	痴戀	106			
#46	海市蜃樓	109			
#47	菊花綻放時	110			
#48	通渠佬	114			
#49	挑	116			
#50	迷藥	118			

CONTENTS

case #60-90

#60 明益你	142	#76 母愛	176
#61 射尿姨	145	#77 世上只有媽媽好	179
#62 緊急 Case	146	#78 天眼通	182
#63 國技：變臉	148	#79 老豆！開飯呀！	184
#64 淡定哥	150	#80 四人同行	187
#65 程至美	152	#81 不能填寫的母子	189
#66 戰地配藥	156	#82 我係唔講你咬我呀	192
#67 晒死人	158	#83 母女	194
#68 秒回	160	#84 疫苗	197
#69 年假與病假	162	#85 主觀的靚女	199
#70 EPS	164	#86 塞屁屁	202
#71 抗生素	165	#87 藥袋	206
#72 Poor Guy	168	#88 外星母子	209
#73 貼身看護	170	#89 黑雨	212
#74 霞姨	172	#90 食蕉	214
#75 HR	174		

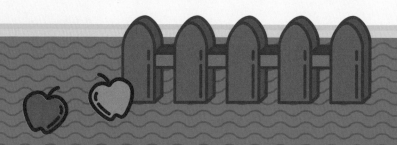

診所低能奇觀3
FUNNY + CLINIC

case	#91-95	* 溫馨系列

#91 獨一無二　　　　　220
#92 逆向思維　　　　　222
#93 十指緊扣　　　　　224
#94 依偎到白頭　　　　228
#95 尋寶的老人　　　　232

case	#96-100	* 出賣朋友系列

#96 等你　　　　　　　240
#97 順手　　　　　　　242
#98 一場朋友　　　　　244
#99 唔幫襯　　　　　　246
#100 女人病　　　　　　248

#1-29

診所低能奇觀 3

FUNNY + CLINIC

case	symptom	成雙成對
#1	remark	

喺診所內，有 L 形嘅長櫈，單身到訪嘅病人都會喜歡「卡罅卡罅」咁坐，即係人同人之間隔個身位～

一對情侶登記後，見到得返單人位，女的嘴扁扁扭咗兩下屎忽，情深款款望住男友講：嗯呀～冇位坐呀！

男友望望坐低咗嘅病人，同女友講：唔緊要啦，你坐啦，我企下得㗎喇～

女：嗯呀～唔制呀，你唔坐我都唔坐～

哇，You jump I jump，you sit I sit 咁話喇喎？女嘅嬌媚刺激咗個男嘅乜乜睪丸素，搞到個男嘅想立即展示自己威風一面！於是…佢掃射咗全場嘅病人一次，再搵個睇落去係順得人嘅病人下手！

佢搵到了，目標係一個睇緊電視嘅阿婆！

男笑容可掬向婆婆問：婆婆，你可唔可以坐過啲？

我唔記得講，個阿婆撞聾嘅，頭先登記我都嗌破喉嚨咁滯～阿婆面對面前位後生仔，眨眨眼，左手一嘢撥開佢：阻住晒！食玻璃呀？

男的再接再厲永不言敗，又搵個大媽：阿姐，你可唔可以坐過一個位呀？我想……

佢有說話未曾講，大媽已經一嘢截住佢：咁切肉不離皮咪坐大髀囉！

我唔知切肉不離皮喺咁嘅情況下係咪一個合適嘅詞彙…但係…我忍唔住「咔」一聲笑咗出嚟～大家望一望我後，就如常地各有各忙碌⋯⋯

我嗌大媽：可以入去見醫生喇！

大媽屎忽半離時，男的同女友講：有位喇！有得一齊坐喇！

大媽唔忿氣，邊講邊入醫生房：坐少陣使死呀？正一奸夫淫婦！

說話又唔是咁講喇，人哋只係愛得怨恨纏綿難捨難離，恨不得撈埋一齊做粒轟轟烈烈爆得淋漓盡致嘅瀨尿牛丸啫⋯⋯ ♥ 5.1K

case	symptom	戲子
#2	remark	

一朝早返到診所～都未夠鐘開工，電話就響起……對方的聲線氣若如絲，柔情似水：我想預約……

我：唔好意思，我哋冇電話預約嘅，要親自過嚟排隊登記呀～

佢：好……

唔夠半分鐘，電話又響起……

對方的聲線硬邦邦，強裝漢子聲調卻帶點氣若如絲，柔情似水：我想預約……

我：……唔好意思，我哋冇電話預約嘅，要親自過嚟排隊登記呀～

佢：好……

約一分鐘後，電話又響起……

小姐，乜又係你呀？今次玩到扮阿婆聲線呀？

佢：我想預約……

我：……小姐，其實你打幾多次嚟話要預約，個答案都係一樣呀～我哋真係冇電話預約……

嘟……

從此佢冇再扮演不同角色～佢嘅人生戲路終於完結…… ♥ 3.5K

case	symptom	頭暈
#3	remark	

有日有個男仔嚟到睇醫生，一直都好平安好正常～到我出藥時：呢包係止暈止嘔，有暈有嘔可以加埋嚟食，冇事就可以唔食～

佢：見暈先食呀？

我：你覺得有暈就可以食咗先㗎喇～

佢：食完就唔暈？

我：嗯，冇暈就可以唔食～

佢：咁係暈咗之後先食？

我：唔係暈低咗之後先食呀，係你覺得個人暈暈地嗰陣就好食啦～明唔明呀？

佢：姑娘你講到好難明！

我都畀你搞到我頭暈暈羅拔臣啦！

我：一係你照食啦，一日食四次啦～

佢發爛渣：咁即係食定唔食呀？

可食可唔食呀！忽 You！

我：你知自己暈下暈下咁咪可以食一粒～如果你自己唔知自己有冇暈嘅感覺，咪跟時間食……

佢又發爛：你揸定宗旨未？

中指喺度！哼～你係咪要我舉畀你睇呀？一舉就世界大戰㗎喇！

我：你見暈就食啦～好冇？

佢：我暈得嚟就瞓低咗啦，仲點食呀？

我：…你係咪眼瞓咋？

佢：暈唔係瞓低唔通企喺度暈呀？

我：你頭先同醫生講你係有啲頭暈嘛，點解你仲企到喺度嘅？

佢：有啲頭暈又唔係暈到要瞓低！啲啲咋嘛！

我：咁你覺得有啲啲暈嗰時就食粒止暈丸先～

佢：你真係九唔搭柒！是但啦！食咪食囉！食多咗冇壞㗎嘛？

我：一日食四次好啦！

佢：而家都七點啦，今日食唔到四次呀，瞓緊要唔要食呀？

我：你瞓緊都覺得暈就食啦……

*佢嫌我煩，拉長晒啲語氣：*即係食～唔～食呀？

我：你食埋啦！

佢：一時一樣！

我都見頭暈呀大佬～～ 👍 9.1K

case	symptom	打格仔
#4	remark	

電話又響起⋯對方係一位女士：喂？

我：你好，乜乜診所～

佢：你有冇另一個電話可以畀我？

我：呢個電話講就得了～請講～

佢：我想 Send 啲相畀你，等你可以解釋我知⋯⋯

死火！唔通我哋執錯藥做錯事？

我笠笠地水：Er⋯唔知係乜事呢？

佢：我想畀我影嘅相你，等你話我知點分乜叫大小陰唇同陰核⋯⋯

What？What？What？What？即係你諗住 Send 自己嘅私處畀我睇？我呆 L 咗，我真係呆 L 咗，堅係呆 L 到呆 L 咁⋯⋯唔好打擾我，畀啲時間我，我需要裡裡外外咁冷靜下⋯⋯三九唔識七，日光日白，你畀塊田我睇做乜柒？

我：Er⋯小姐⋯你不如 Google 下？

佢：我有呀！嗰啲圖個樣好似同我唔一樣嘅，所以我睇唔明～

我：呢啲你應該可以做婦科檢查時，順便問下醫生嘅～

佢：你唔教人㗎？

我：我負責聽電話，處理一般查詢嘅⋯即係醫生幾點返幾點走，

我就答到～

佢：打去私家醫院得唔得㗎？

我：嗰啲都係處理一般查詢同預約……

佢：家計會呢？

我：都一樣……

佢：吓……

我：嗯……

佢：擺上網問人得唔得……

我：記得打格仔，厚嗰隻……

佢：哦…好啦，唔該你…我冇嘢問啦…拜拜！

打咗厚格真係仲睇到係乜嚟咩？ 　4.3K

個格再打厚啲啦……

我影我下面畀你睇

case	symptom	升仙
#5	remark	

一個女仔嚟到診所登記,我見佢神情唔多妥當咁,就問佢:你好唔舒服呀?你睇啲乜㗎?

佢:我食錯嘢呀。

我:哦,肚痛?咁你坐低先呀,我登記完先嗌你攞返身份證呀。

佢:我會唔會死㗎?

…你咁講好易令人誤會㗎,人哋聽到可能以為我登記完你身份證,你就會人體大爆炸……我冇死亡筆記喺手呀……

我:點解會死呀?

佢:我吞咗香口膠……

我:我成日吞㗎喎……

佢抬起頭望住我:咁你有冇死?

你話呢?我死咗都要返診所開工咁勤力呀?年中應該好多人都吞過香口膠啦?(我都曾經食過,我係咪升咗仙喇?) 👍 5.7K

―――― *comments* ――――

Carmen Chan
應該答:視乎你食咩牌子啦!

case	symptom	抗戰勝利
#6	remark	

2015 年 9 月 3 日，唔知點解我哋突然多咗一日公眾假期……呢個假期嚟得好急好倉促，可能因為咁，好多人一時之間接受唔到呢日係假期嘅事實。

呢一日係中國人民抗日戰爭勝利 70 周年紀念日。

電話響起，一位小姐：今日你哋收幾點？

我：一點～

佢：下晝唔開呀？

我：係呀～

佢：今日假期關你哋乜事呀？

我：因為係公眾假期，所以只開上晝～

佢：你有份抗日咩？

我：……耶穌夠唔係我生。

……嘟（俾佢 Cut 線了）

你做乜啫？你做乜唔食藥呀？唔好咁百厭啦你～

復活節記得要回來啊！ 10K

case	symptom	返工為表現
#7	remark	

一個新症登記後～

我：要探熱嗎？

佢：是但啦。

我：即係探唔探？

佢：冇所謂啦。

我：咁探埋啦，好冇？

佢：是但啦。

我：……嗯，咁麻煩你行前少少，我要用耳探機……

佢：OK 啦。

探完之後，佢：冇燒呀可？

我：係呀，冇燒，36.8 度。

佢：我都話冇燒㗎啦，係都要人探熱，搵我嚟扮盡責，冇嘢做搵嘢做……

我：……

……點呀 Baby？係咪五行欠抽呀？　👍 4.5K

都話冇燒㗎啦！
喺度扮盡責！

你係咪打得少呀！

———— comments ————

Cherieii Ho
寶豬，同佢肛探啦。

珍寶豬
我唔想扮盡責到咁。

case	symptom	隊入唔
#8	remark	

有日一位病人登記後要求探熱，我拎出偉大發明——耳探機！

我：麻煩畀隻左耳我吖～

「嘟」，耳探機完成任務。

我：36.3 度，冇燒，可以坐低等嗌名～

佢捉住我手⋯噢，多數愛情故事都係咁開始嘅，我腦海播起了
《Lalala Love Song》⋯⋯

我：乜⋯事⋯呀？
佢：係咪隊得唔夠入？

隊？隊乜呀？呀！耳探機！

我：唔係呀，夠㗎喇！
佢：係咪唔夠長？

我想自摑兩巴嗌醒自己：唔⋯係⋯呀⋯⋯

佢：一係你隊得唔夠入，一係部機壞咗！我喺屋企度都有燒，如果唔係我點會嚟睇醫生？

我：咁…一係探多次～

佢自動自覺畀隻耳仔我：隊入啲都得，有咁入得咁入！

我拎起耳探機開始探索：好…好…好……

佢：入啲啦！我得㗎！

「嘟！」

我：真係冇燒呀…都係 36.3 度咋～

佢一臉不滿意：梗係啦！你根本冇隊入去！梗係探唔到啦！我講咗好多次叫你隊入去，探個熱都唔識嘅姑娘，醫生嘅醫術好極有限啦，我唔睇喇，同我取消佢啦！

說罷便走了……

醫生～我對你唔住，我又令你冇咗個病人，冇得發揮你嘅醫術…有冇一對一專人培訓教用耳探機呀？我唔要做一個連探熱都唔識嘅阿姑！我要努力向上，不枉豬君寄望！ ♥ 2.8K

case	symptom	烏里單刀
#9	remark	

話說由近年開始，流感疫苗變得唔再單調，由過往嘅全部劃一係三價，突然變成又三價又四價，有得揀…就難為咗阿家嫂喇～

有日有位女士到診所，望見我哋有三價又有四價：三價好定四價好呀？

我：四價啦，比三價多啲保護～

佢：三價係咪過咗期㗎喇？

我：唔係～三價都係今年嘅～

佢：三價 Out 咗，個個都打四價啦？

我：有啲人都仲係打三價嘅～

佢：吓？仲有人打啲過期嘅？

此時，一個正喺度等候打流感疫苗嘅阿姨感到恐慌：姑娘！你哋啲針過期㗎？

我：唔係，全部都係今年年度嘅針嚟㗎～

姨：咁佢又話過期嘅？

我：唔係指啲針過期呀，唔需要擔心呀～

女士插嘴：三價過期㗎喇，冇效㗎喇，打嚟都冇用！

小姐，你嘅偏見都好偏下，三價同四價嘅分別最多都係普通版同加強版啫…你會唔會去麵舖話碗三寶河係臭嘅，四寶河先食得？

我：唔係冇效…四價係比三價多咗乙型流感，覆蓋範圍廣啲～你要唔要同醫生了解下先？

阿姨：哎～唔好喇唔好喇，搞到「烏里單刀」，我唔打住喇，你哋搞清楚先同人打針啦！

說罷，姨姨走了。女士見到咁嘅情況，翻一翻白眼，一臉關我屁事嘅模樣，走了……

醫生問我：乜事呀？

我：冇，我好似睇咗場大戲…睇到我都「烏里單刀」…… ♥ 5.4K

case	symptom	反 轉 豬 肚
#10	remark	

有日有個新症後生仔睇完醫生，醫生就同我講：佢可以走㗎喇，嗌佢走啦！

於是我出去同後生仔講：醫生話你可以走了～

佢行埋嚟：通融一次吖！

我擰晒頭：吓？

佢：畀一張假紙我就得，我下個月一有錢就畀返假紙錢你呀！

我：我哋唔賣假紙㗎喎～

佢：唔係賣呀，賒住先咁得唔得呀？

我：唔得呀～

佢：我今日一定要拎張假紙返公司㗎！

我：我哋開唔到假紙畀你㗎喇，你去第二間問下啦～

佢：我下個月會俾返錢你㗎！

我：你去第二間試下啦～

佢：一係你幫我畀住錢先吖？

哈哈～

你黐L咗呀？

我：點解係我畀？我打工咋喎……

佢：畀住先啫，我會還㗎！我頭先有問醫生借住錢畀我先，佢唔肯呀！

我：好正常嘅……

佢：我張身份證真㗎！地址電話都係真㗎！

我：你去第二間啦……

佢：幫下手啦靚女！

嗌我呀？

我：幫你唔到。

佢：你撕一張假紙畀我吖，唔講畀醫生知咪得囉！

我：唔撕。

佢：妖，死肥西，要張紙都好似乞你咁！

你繼續講呀！我一槍打爆你個頭！你咪走呀！我瞄準緊你個頭！你咪走呀！嗌你呀柒頭！！！！！！ 5.9K

comments

Lei Weng Ian
佢去錯地方，佢應該去搵財仔而唔係搵醫生。

case	symptom	唔好呃我隻豬
#11	remark	

有日有位先生拎完藥～

我：呢度 200 蚊呀～

佢拎出兩張 100 蚊紙放喺枱面～

我：收你齊頭 $200 ～

佢企咗喺度郁都唔郁⋯⋯

我：先生，有乜幫到你？

佢緊閉的雙唇緩緩張開：你⋯⋯未找錢。

一係你見鬼，一係我見鬼，一係大家一齊見鬼？

我：你畀兩張 100 蚊紙我嘅～ 200 蚊啱啱好～

佢：我畀 1000 蚊你，你睇清楚先！

我：我都睇得好清楚下。

佢：仲唔找錢？

我：先生，不如你睇清楚啲先，我哋貼咗紙唔收 1000 蚊紙⋯⋯成個櫃桶半張 1000 蚊都冇⋯⋯

呢一瞬間，我哋沉默了⋯⋯大家都好似停止呼吸了，互相望住對方～

佢吐出真氣：早講吖嘛！

然後拂袖而去⋯⋯

即係你嚟試探我㗎？嚟 Check 我有冇帶腦返工？ 👍 7.5K

case	symptom	
# 1 2	remark	金舌頭

✎ 忙碌嘅早上，電話又響～

我：你好，乜乜診所。

小姐有禮：早晨呀，呢度係咪有得做致敏源檢查㗎？

我：係呀。

小姐：幾錢呀？

我：價錢係 $XXXX ～

小姐：包唔包 Check 埋物件㗎？

我：物件？

小姐：我有啲嘢成日會用到接觸到嘅，係咪可以拎埋嚟 Check 下我對佢哋有冇敏感？

我：唔使㗎，個檢查會話埋畀你知對乜類別有敏感㗎喇～

小姐：我拎埋啲嘢嚟 Check 唔係直接啲咩？

我：化驗所淨係同人做㗎咋，物件唔做嘅……

小姐：咁我點知我有冇對嗰樣嘢敏感，我又唔肯定啲嘢係咪純銀……

乜銀呀？買銀唔知掂呀？我呢度齋為地球人而設㗎～

我：如果你想知嗰件係咪純銀，或者你問返賣畀你嘅舖頭吖～我哋呢度 Check 唔到㗎～

小姐：個個都話自己 925，都唔知點分⋯⋯

我：唔好意思呀小姐，關於物件嘅我哋真係做唔到⋯⋯如果你想知自己致敏源係乜嘅，可以隨時嚟診所見醫生～

小姐：你連咁基本嘅常識都做唔到 Check 唔到係咪純銀，唔做啦！收我千幾二千，咁簡單嘅嘢都唔做！

嘟～（被 Cut 線）

我唔知我條金舌頭奶唔奶得出⋯⋯ 👍 4.5K

―――――― comments ――――――

Curry HO
診所應該要驗埋真假鑽石啦，真假 Chanel 袋啦。

珍寶豬
一律充公。

Tony Tsang
睇怕佢嗰件唔係銀做，
而係鉛做，影響智力。

035

case	symptom	覆診卡
#13	remark	

一位姨姨嚟到登記處前，用佢嘅明眸睥睨到我行一行～

我：…你…好……

我都未曾講完，佢已經：唔好呀！

我：…有…乜…幫到你呀？

佢：登記呀！

哇，好 L 彩你係話要登記睇醫生咋，我頭先爭啲以為你想食咗我呀，嚇得我呀！

我：哦～睇過未呀？有冇覆診卡？

佢：你唔好同我講覆！診！卡呀！我頭先就係為咗搵張覆診卡搵到好躁呀！我搵咗好耐都搵唔到呀！

我：哦～呢啲嘢好死嘅啫，冇卡咪畀個身份證號碼我 Check 返，而家有電腦，好方便㗎！放心～

佢呆咗幾秒，再嚟就係一個大崩潰：乜話？ Check 得到？

我：係呀，撳幾個掣咋嘛！

佢：你唔同我講？我搵咗張卡好耐呀！！！有冇搞錯呀！你張卡既然要唔要都得嘅！你環保啲唔好畀我啦！你搞到我搵咗張卡好耐呀！！！

對唔住啦…係我唔啱啦…對唔住啦…唔好槍斃我啦～ 3.7K

case #14	symptom	試味專員
	remark	

一位媽媽帶小朋友嚟睇醫生～

拎藥時，媽媽問：啲藥有冇問題㗎？

我：哦？醫生開嘅，冇問題呀～

媽媽：我知係醫生處方，咁有冇人試過之後返嚟話啲藥有問題呀？Even 係好少嘅問題有冇？

我：Errrr…有嘅。

媽媽：乜問題？

我：好難飲、唔夠果汁、陣味好假、太甜、太苦、顏色好似唔天然呢啲嘅啦……

媽媽：我呢幾支有冇人咁講過？

小姐，你有所不知了，你手上呢幾支係本診所嘅皇牌產品，除咗色澤亮麗令人感到喜悅，飲完之後仲高音甜低音準，包你食過翻尋味！

我：暫時未有……

媽媽：你哋有冇試咗先賣畀人？我唔想要啲聞同飲落口係兩件事嘅藥水！

我：Er…啲藥水就唔太難入口嘅，不過個個小朋友反應唔同～始終係藥嘛…唔係真係果汁味嘅……

媽媽：你有冇試咗先？

我：冇……

媽媽嬲到頭頂飆煙：冇試過就畀我個女食！？有乜事你負責呀？

小人惶恐呀，太后娘娘，係小人嘅錯，罪該萬死呀！人嚟，快備銀針，同朕 Check 下有冇毒！

我：藥廠出貨前有檢驗過嘅，太太你又唔需要太擔心……

媽媽：你咁講即係卸膊畀人……

你咁講…即係迫我當住你面服毒啫……我生平最討厭嘅就係飲藥水，就等我俾你見識下真正嘅卸膊啦！

我嗌住入醫生房：醫生！醫生呀！

安坐喺房嘅醫生，一聽到我嗌就知領嘢：點呀……

我：出面位太太想你試晒啲藥，再話佢知啲藥有冇問題，我知我明我理解診所係有買保險，不過你都唔想個小妹妹有乜事，令到佢阿媽喊到一仆一碌變咗碌竹㗎嘛？

醫生：我請你返嚟係同我解決問題，為何你成日都有新問題畀我？

我：醫生你叻吖嘛！

醫生唉咗一聲，好唔願意下行咗出去：太太，一係同佢打針啦！

原本打緊機嘅妹妹當堂面都青埋，眼淚都唚埋：我唔要呀！

愛女心切嘅媽媽顧得上又顧唔得下：唔打唔打，食藥得喇⋯⋯

醫生輕鬆完勝：寶豬，為咗加強你對藥水呢方面嘅應對，你呢個星期試晒啲藥水，寫低晒係乜味。

吓？你認真？吓？唔係嘛？吓？唔好啦？吓？吓？吓？醫生吓？我知錯啦吓？吓？吓？ 😈 13K

case	symptom	無辜的牌仔
#15	remark	

一個姨姨嚟到登記，佢：醫生喺度？開工未？

我：醫生喺度～

佢指一指門上嘅「應診／休息」牌：有醫生睇，又掛個牌喺度嘅？

我：對外嗰面，係寫住「應診」……

佢：整個牌喺度啲人會以為冇醫生睇㗎！

下話？你都唔知年中有幾多人無視個牌呀，明明掛住「休息」都要誓死衝破結界咁入嚟～塊牌一直都係零存在感㗎，難得今日有你留意佢，睇怕佢都死得眼閉啦～

我：塊牌寫住「應診」嘅……即係有醫生睇～冇嘅話，就係「休息」……

佢：我都唔識睇你寫乜！你掛塊咁嘅牌喺度，我就以為冇得睇㗎喇！除咗塊牌佢啦！掛住喺度又冇人識睇！個個行過以為冇醫生睇呀！

……其實，好似得你一個唔識睇，其他人……係從來唔睇啫～

👍 4.1K

———— comments ————

Phoebe Wong
換「歡迎光臨」（大吉利是）。

case	symptom	眼神
#16	remark	

有日我一朝早返到診所，櫈都未磨暖，就有位女士入嚟參觀示範單位咁⋯⋯

我：小姐，係咪登記睇醫生呀？小姐？小姐？小姐？

冇人應我⋯佢繼續好陶醉咁欣賞診所嘅設計⋯⋯（我好肯定佢唔係鬼呀！唔好講鬼故嚇我呀！）

我：小姐？

佢終於喺眼尾望一望我⋯⋯
不過望完之後，佢冇留低任何一句說話，就咁行咗出診所⋯⋯

到我忙到飛唔起，診所塞爆晒人⋯接近晏晝嘅時候，佢又回來了～
佢倚靠喺登記處，用佢性感嘅眼尾同我打咗個眼色⋯⋯

小姐，你咁嘅眼色梗係想要杯 Dry Martini 呢？講暗號先啦！力拔山兮氣蓋世！下句係乜？講唔出呀？講唔出唔畀見醫生！

我：小姐，係咪登記呢？係就畀覆診卡號碼或者身份證號碼我呀？
小姐開金口了：我今朝咪嚟過囉！

我：哦～係咩？咁有冇登記呀？

小姐：我咪示意咗畀你睇囉，你冇同我登記㗎？

我眉郁郁呀眼戚戚～

小姐：你做乜呀？

我又眉郁郁：我講緊嘢～

小姐：你都冇講嘢。

我：係囉～咁我又點知你今朝係要登記呢？你要登記要講㗎嘛，你唔講我又點知你要呢？你打個眼色畀我，我覺得你挑逗我㗎咋…又唔係唔知你自己幾咁索……

小姐：姑娘，我畀身份證你喇，得㗎喇！

我搖頭嘆息：下次唔好再挑逗我啦，我都幾十歲人，我唔知自己仲頂到幾耐呀…唉……

小姐：姑娘，得㗎喇，你做嘢啦……

做乜啫！做乜唔畀我講嘢啫～做乜要干預我把口嘅自由啫？

 6.8K

咁樣算係
挑逗緊我？

* 眨眼 *

Wink~
Wink~

comments

Lei Weng Ian
佢係咪紋咗個身份證 Barcode 喺塊面度？

Tobey Yi
你愛嘅話就講出口啦，你
唔講我點知你愛唔愛？

case	symptom	
#17	remark	一桿入洞

爆症日，電話響起……

我：早晨，乜乜診所～

佢吞吞吐吐：姑娘…我……

我：係，乜事呢？

佢欲言又止欲言又止：我…咁…嘅……

我好急又好趕又好忙：有乜事一係直接嚟見醫生啊？

佢：我見唔到啲 Stool。

我：……乜話？

佢：我…去如廁，正常感覺到係有 Stool 出咗嚟，但係我望唔到有 Stool……

我：咁……你想問啲乜……？

佢：有冇機會有啲 Stool 係睇唔到嘅……

我一心速戰速決：佢歸心似箭，衝力強勁，一桿入洞直接奔向大海啫，冇事嘅，呢個世界冇隱形糞便，有嘅都係屁～

佢完全冇理我嘅解答，我的存在感又係 000000000：我用 Tissue 清潔都冇啲色水……

一係你有屙屎，除非冇嘅啫！屙咗就屙咗，冇屙到咪繼續努力囉，人生入面又唔係得區區一嚿，又何必咁執著？

我唔想再有任何糾纏：如果有乜唔舒服，不如直接見醫生，直接
同醫生查詢，始終我喺電話解答唔到你任何嘢，我唔係醫生嘛……

佢：你可唔可以幫我問醫生？有冇機會啲 Stool 係睇唔到？

我：…醫生唔電話診症嘅，有乜問題就直接見醫生啦～

佢：我唔使診症喫，問完答我得㗎喇。

我：醫生唔喺電話答任何嘢嘅～

佢：哦…咁我問睇開嘅醫生啦…Bye Bye！

……不如下次你趁我得閒先再打嚟，一齊討論下披咗隱形斗篷嘅
Harry stool 呀？ ♥ 4.3K

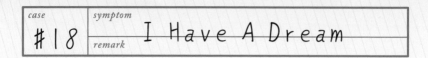

case	symptom	I Have A Dream
#18	remark	

有日有個新症嚟到診所～

佢拎出一張醫療卡問：係咪可以用呢張醫療卡？

我：係呀，未睇過嘅？麻煩畀身份證我登記呀～

佢：哦～

我登記資料後，拎張醫療卡望一望，發現卡上嘅名同身份證上嘅名完全係拉唔埋的……

我：唔好意思，你係咪拎錯醫療卡？卡上個名唔係你嘅？

佢：係呢張呀～

我：但係你身份證唔係咁嘅名呀？

佢顯得好唔耐煩：你照用就得啦，你理得係乜名啫！

我：張醫療卡要係本人先可以用㗎～

佢好大聲：咁我而家係咪唔用得呀？

… 先生，我哋有必要把話說得這麼坦蕩蕩嗎？就不能為大家留下一個美好的幻想空間嗎？

我好坦蕩蕩超坦蕩蕩：係……

佢：我拎得張卡出嚟就用得㗎喇，你理得係乜名呀？

我：咁張卡要係卡嘅本人先可以用嘅……

佢：我唔使你開假紙，我淨係拎藥啫！用下張卡啲 Quota 犯法咩？啲街外錢又唔係你嘅錢，你揸到咁正嚟做有好市民獎拎呀？

我：真係唔可以咁用呢……

佢好勞氣：佢張卡一年睇剩好多次，你係咪畀返啲錢我呀？

我：……

佢：又唔係攞你啲錢，隻眼開隻眼閉唔得嘅？張卡都冇印住話唔畀人用啦！

我指住單上的字：張單有叫我哋核實持卡人身份……

佢轉身走：咁叻捉字蝨，去做偵探呀！

我豬肉佬何嘗唔係想成為一個偉大嘅…是但啦，安排個偵探位畀我做得唔得？ 👍 6.2K

comments

> **Cary Wong**
> 你好細聲同返佢講：「咁你而家係咪打劫呀？」

case	symptom	
#19	remark	思考我的存在意義中

電話響起，對方係一位聲線粗豪嘅小姐：喂？診所呀？

我：係呀，有乜幫到你？

佢：早幾日啲藥傷唔傷身㗎？

Baby，我好傷心，早幾日嘅藥你仲未食嗎？為何要放棄自己？為何要眈誤治療？點解呀？你答我呀！

我：小姐可以畀你嘅覆診卡號碼我嗎？

佢：冇呀！

我：咁～登記電話號碼吖～

佢：睇來電！你快啲得唔得？

……我診所呢度呢……員工都福利麻麻，真係冇錢買來電顯示服務……

我：唔好意思，我哋冇來電㗎～你畀啲個人資料我 Check 返你嘅病歷，咁我先睇到你食乜藥……

佢：呢啲係我私隱㗎！我問你藥咋！

唉，而家真係冇以前咁易啦！拎個電話啫……

我：咁……你手上嘅藥係乜名？可以串畀我聽嗎？

佢：圓形，有大有細，有幾種色。

仲只溶喺口，不溶喺手㗎！係咪好神奇先？

我：嗯……咁有乜色呀？

佢：幾種色咁，邊記得呀？啲藥擺咗喺屋企！你淨係話我知削唔削胃得喇！

我：我連你食乜藥都唔知……不如……

佢：唉！得喇！嘥我時間！我返屋企自己Google！

嘟……

你打畀我為乜？（跪地）（打地） 👍 6.8K

─────── comments ───────

Tree Skin
知你喺診所悶悶地，咪打下畀你囉。

Patrick Ting-Wa Yue
等於打999報案，但唔講地點，
只係不停叫人派警察到。

case	symptom	敲擊樂
#20	remark	

一家三口入到醫生房，小朋友不停喺度踢櫃～睇怕啲櫃係超級面目可憎，肯定係衰樣衰呀！

醫生：小朋友坐定定先呀。

爸：由佢啦醫生，佢玩下啫，又唔係佢睇，俾佢玩下囉，佢悶嘛！

醫生：……

小朋友不停踢踢踢，唔知點左腳踢右腳定腳趾尾拉西抽筋：哎呀！

媽媽大為緊張：阿仔做乜呀？

小朋友擘大喉嚨大喊：嗚呀呀呀呀，痛呀！！

媽媽：整親邊度呀？

小朋友：嗚呀呀呀呀，腳呢度好痛呀，嗚呀呀呀！

媽媽：哎，唔好喊呀，曳曳呀，個櫃曳曳呀！整痛我個寶貝呀！

小朋友：嗚呀呀呀！！！！！！！！！

呢個時候，爸爸站起來了，用佢嗰雙強而有力嘅手…拍打個櫃……

媽媽又半坐喺度，又伸手打櫃……

阿爸阿媽左一句「個櫃好曳」，右一句「打死個櫃」……

「拍拍咚咚拍拍咚咚啪啪啪啪啪」呀～我感覺自己置身於一個充滿敲擊樂嘅空間度呀～我好想轉圈跳舞……

我望向醫生，醫生面無血色，個靈魂都唔知飄咗去邊囉～喂！人嚟呀，打醫生呀，唔好打啲櫃住啦～打返醒醫生先呀！ ❤ 6.4K

case	symptom	
#21	remark	1823

電話響起⋯⋯

一把男聲：喂？

我：你好，乜乜診所。

佢：你哋醫生幫唔幫人睇驗身報告㗎？

我：睇呀，可以拎埋份報告嚟見醫生呀！

佢：可唔可以即刻睇埋㗎？

我：你見醫生嗰時，醫生會即刻講解埋㗎～

佢：我指而家喺電話睇呀！

我：哦？唔得㗎，我都唔係醫生～要你過嚟見醫生㗎～

佢：你畀醫生聽啦，霸住個電話做乜呀你？

⋯我咁叫霸住個電話咩？你個人都幾創新兼幽默㗎喎？

我：醫生唔會聽電話㗎～

大家姐一手搶過電話，我心中唸唸有詞「RIPRIPRIPRIPRIPRIP RIPRIP」作法超度⋯⋯

大家姐對住電話咆哮：**有乜就自己打去醫生手提講！講咗好多次**

醫生唔係負責聽電話呀！你當呢度 1823 呀！

係型嘅，係正嘅，係躁嘅，唔知位男士七孔流血未呢？ RIP RIPRIPRIPRIPRIPRIPRIP，冤有頭債有主……要搵記得唔好搵我…… 💬 3.7K

case	symptom
#22	香水
	remark

有日診所坐爆人，老中青幼款款齊～有位小姐推門而入，我立即閉氣！你老闆呀，嗰陣味頂癮到呀……唔係臭狐，係好似用咗花園街 100 蚊 6 枝嗰啲香水沖完涼咁……

小姐：登記呀。

我破氣了：咳，咳，好……

小姐可能見熱，隨手拎起枱前嘅單張喺度撥下撥下，撥下撥下，唔知我係咪索啲殺蟲劑索得太耐，搞到我有啲幻覺……我好似見到有嚿屎喺度撥下撥下……

突然！哪來的勇敢小朋友：媽咪，好臭呀！

媽眼神慌張咁望向小姐，再作狀要掩住小朋友把口：嘘！冇禮貌！

嚿屎……妖，小姐停頓了撥撥，逐步移動向母子身邊坐低咗……

小朋友：媽咪……好臭呀，姨姨好大陣味……

小姐露出典型金魚佬笑容：Dee ～ Dee ～ 你講嗰個姨姨係咪我呀？我係姐姐喎！

妖！邊個應咪邊個係屎忽鬼囉！

係咪好香呀？
快啲索多兩啖！

媽媽：對唔住呀小姐，唔好意思呀小姐！

小姐：唔緊要～姐姐呢啲係香，唔係臭～記住呀 DeeDee ～

可憐嘅小朋友應該仲未識判斷真假是非黑白香定臭，正當佢喺度
迷惘緊嘅時候……

「咁都叫香！阿伯爺公條底褲唔洗一個月都好香咯！」坐喺對面
嘅婆婆篤住枝枴杖爆肚……

I am sorry，唔關我事㗎！我由頭到尾都坐喺度呼氣吸氣呼氣咋！
唏，阿婆你又係嘅！邊有人咁比喻㗎？ 👍 8.2K

case	symptom	口與身體好誠實
#23	remark	

有日一對男女到診所睇醫生，女嘅登記後，佢哋一齊坐低⋯雖然個男一直好落力發掘話題⋯⋯

男：今日啲天氣麻麻地呀！

男：你面色麻麻喎！

男：你估醫生一陣話你乜事呢？

男：你今日仲返唔返工呀？

男：想拎幾多日假紙呀？

男：唔舒服記得同醫生講呀！

男：點解你睇呢個醫生嘅，睇開㗎？睇咗幾耐呀？

男：呢個醫生男定女呀？要唔要同你一齊入去睇？

男：我阿媽睇嗰個都好掂㗎！

個女仔合埋雙眼，面容有啲扭曲，輕聲回答：阿賢，你俾我唞下啦，我都話咗自己嚟就得啦⋯⋯

阿賢好大反應，爭在未拍心口以表真誠：邊可以俾你自己一個呀？有啲乜事點算呀？

女仔：你細聲啲啦⋯⋯

到個女仔入醫生房時，阿賢諗住跟埋入去，不過俾個女仔拒絕咗：我自己入去得啦！唔好跟入嚟！

阿賢：有乜事記得大嗌，我喺出面等你呀！

可憐嘅賢豬豬如坐針氈咁，雙眼仍然離唔開醫生房門，望到佢咁，搞到我以為自己下一句係要講：先生，恭喜你呀，有菇菇㗎！

女仔睇完醫生出返嚟拎藥，我同佢講好晒啲藥點食，企喺旁邊嘅阿賢問：姑娘，有冇糖可以畀佢嗒下？

我：有呀～喉糖囉！

阿賢嘴角失守，陰陰嘴笑，唔知哪來的勇氣：嘿，嗒嗒下糖，嗒埋我都好……

Are you crazy？醒下啦你！ 3.6K

comments

Cain Ng
做兵就係咁煩膠。

Tracy Li
好撚煩嘅兵，如果我係條女，我應該已經彈咗佢鐘～

KeLvin Lau
你畀我啲下啦……

057

case	symptom	真性急
#24	remark	

一朝早開門準備開工，有個太太跟入嚟……

我：唔好意思呀小姐，未入得嚟㗎，我哋仲要準備同清潔……

佢：得啦得啦，我唔會阻住你，你做你嘅嘢啦！

都未講完，佢就搵咗個靚位坐低咗。我都費事睬佢……

我電腦都未開，佢坐喺位度嗌：登記得未呀？

我：未呀。

佢：而家幾點呀？慢吞吞……

我揸實碌掃把：我頭先講咗未入得嚟，你不如出去食個早餐先啦，醫生起碼一個鐘後先返！

佢彈起身表演女高音：乜話？一個鐘！

我：係呀。

佢：開診時間唔係九點半咩？

我：係呀，所以你九點半先再嚟啦～

佢抬頭望鐘：而家幾點呀？乜話！而家先八點九？醫生要九點半先返呀？

我：一個鐘後……即係九點九……

佢：你出面寫 9 點半開診㗎喎⋯⋯

施主，唔好咁執著個時間啦好嗎？其實我咁早返嚟都係諗住開定電腦執好啲嘢，之後爽歪歪歎個早餐，不如我哋⋯⋯

我：小姐，不如一齊⋯⋯

佢搶閘：醫生唔喺度你早啲講啦，我坐咗喺度等咁耐你都唔出聲！

我：⋯⋯頭先咪話咗未得⋯⋯

佢：我坐喺度睇你咩！成粒鐘我出去飲埋茶都得啦！

太太講完就揮一揮衣袖走咗～我哋唔一齊去飲茶呀？醫生，如果度鐵閘改做狗頭閘係咪會有特色啲？你點睇？　👍 4.9K

―――― *comments* ――――

Sheep Yeung
佢係咪空肚食早餐所以躁呀？

Lancelot Wong
咁好精神去飲茶，即係冇病啦。

Tere Fung
入嚟涼冷氣咋下話？

case	symptom	黑工
#25	remark	

有日一位小姐嚟登記，佢問：你同嗰間診所有冇分別？

我：嗯？邊間呀？

佢：對面街尾嗰間。

我：好大分別呀，兩個醫生都唔同～

佢：哦～唔緊要啦，係醫生就得啦，收醫療卡吖嘛？

我：你畀我睇下係邊張卡先呀～

佢：醫療卡囉！

反正都是卡呀？不用分得那麼仔細嘛？

我：我哋有收指定醫療卡呀！

佢：我冇拎張卡出嚟呀，下次畀你睇呀！

我：哦，好呀。

佢：咁我而家睇得醫生未？

我：畀身份證我登記先呀～

佢：身份證呀？喺屋企！

我：如果你要病假紙同收據，一定要畀身份證呀～

佢：你頭先又話同街尾嗰間診所唔同？

我：……我哋真係唔係同一間診所嘛……

佢：一樣呀！一樣咁麻煩呀！身份證好重要咩！冇身份證唔病得

呀?

我:如果你要病假紙同收據先要身份證啫～

佢:冇身份證唔可以返工咩?法例規定呀?我去第二間!

……我未見過人做黑工都可以好叻叻咁呀,你好叻呀,999 幾多
號電話呀?打上去搵警察界白姐姐盡訴心中情啦,白姐姐等緊你
呀! 3.8K

case	symptom	包皮
#26	remark	

電話響起～

我：你好，乜乜診所。

對方係一位男士：你而家冷唔冷靜？

我：……打錯電話呀？呢度診所呀～

佢：我係打畀你，你冷靜啲聽我講先！

我：嗯？係～

佢：你唔好當我係變態，我唔係玩電話！

我：嗯…有乜問題呢？

佢：你有冇關於包皮方面嘅常識？

我：…冇。

佢：平時有冇研究開包皮？

我：…冇。

佢：咁你喺乜情況下會接觸到包皮？

…咁都唔係變態？你真係當我低能嘅？

我：大家姐！有人打嚟問你乜情況下會接觸到包皮呀！

大家姐飛身撲埋嚟：喂？包皮呀？問我呀？我好熟呀！喂？喂？

喂？喂？

大家姐好失落咁放低電話：塊包皮收咗線⋯⋯

乖啦，唔好唔開心啦，呢塊包皮割咗，咪等下一塊囉，希望在明天吖嘛！ 👍 5.4K

comments

Yuro Chan
原來是塊包皮⋯⋯還以為是變態佬呢！

Tony Wai
嘉頓定山崎好啲呢？搽古古力醬定花生醬呢？烘底加 $1。

Wai Ka
呀⋯⋯食麥當勞有時都會接觸到嘅⋯⋯

case	symptom	十八銅人
#27	remark	

一早快快樂樂上班去，望見診所門外嗰條人龍，個個雙眼都發射住超級渴望醫生嘅眼神⋯⋯

我開咗門之後，條龍就跟住我入診所，逐個逐個登記好～

登記晒之後，同各位講咗醫生未返到，大家都安安樂樂早餐去，就唯獨一位⋯一位阿姨依依不捨望住人群嘅離開⋯⋯

當啲人走晒之後，阿姨坐喺度同我講：阿妹呀，我係第一個喎！

咦？明明第十六個喎，你欺負我有老人痴呆呀？

我：你排第十六呀，頭先登記嗰時咪講咗你知囉～

佢：唔係呀，我一早嚟到㗎喇！原本我排第一㗎！我俾人打尖咋嘛！

你俾前面十五個打尖？係足足十五個呀！你而家返屋企好好檢討下反省下你嘅排隊技巧啦⋯⋯

我：你居然一次過俾十五個人打尖？

佢：係呀，眨下眼啲人一攝就攝晒喺我前面喇！

喂！好神奇呀！嚟睇表演喇喂！十五個人喺狹窄空間玩疊羅漢呀！

我：冇㗎喇，登記晒喇～

佢：我喺度等醫生返，醫生一返我就即刻入去！

我：如果你前面嗰十五位都未返，你咪可以第一個睇～

佢：有冇咁嘅機會呀？

我：試下啦，唔試就一定冇希望冇機會。

佢好乖咁喺度等醫生返，等呀等等呀等……

嗰十五位羅漢都開始歸位……

佢一路望住班羅漢，一路搖頭嘆氣，再久唔久望下我：冇希望喇冇希望喇……

邊個叫你俾人疊羅漢呀？認真研究下點樣可以打造一個金剛不破十八銅人陣啦～ ♥ 5.1K

case #28	symptom	善變的女人
	remark	

一位姐姐嚟到：我想配藥。

我：好呀，覆診卡號碼呀～

佢：我老公電話號碼係 XXXX - XXXX。

我：配返上星期嘅藥嗎？

佢：我唔記得係幾時，不過佢話上次啲藥唔掂，食完都冇好到，你俾我自己同醫生講呀。

我：咁就唔係配藥呀，我同你登記排隊見醫生呀～

佢：咩呀？佢都唔係睇我老公，佢聽我講我老公啲病徵開藥咋嘛！咪叫配藥囉！要收診金㗎？要排隊㗎咩？我未試過有一間要排隊囉！

第一次係咪好新奇好刺激先？

我：哦…咁而家試下～

佢：我老公都冇見醫生，憑乜收我錢呀？

我：入得去見醫生就要收診金呀，配藥都只可以配返上次嘅藥呀～

佢：冇一間係咁做生意㗎！你行出去望下有冇其他舖好似你哋咁趁火打劫？

橫睇掂睇…點都似係你扯住我條底橫唔俾我走呀姐姐～講還講，我呢個 Size 啲底貴過平時嗰啲㗎，麻煩你鬆手先～

我：咁一係你去其他診所啦……

佢：喂！你咁即係見死不救呀？

……點呀？我精神分裂喇，你個 Pat Pat 可唔可以唔好咁高速左右兩邊擺動呀？我跟唔到你個 Beat 呀！

我：咁你即係見醫生定照配上次嘅藥呀？

佢：我要見醫生投訴你！

我：哦，好啦，咁同你登記排隊呀！

佢：我冇時間同你排隊呀！黐線！你醫生有寶呀？要人排隊？排得嚟都蚊瞓！懶有寶！匿埋喺入面一世呀！我先唔恨睇你呀！（講完就走）

啊～女人啊…真係…… 👍 5.4K

———— comments ————

Joypill Aki
你要教佢藥房同診所嘅分別。

Jerry Ma
笑甚麼姑娘，妳也是女人！

case	symptom	暗瘡膏
#29	remark	

電話響起，對方係一個男仔：喂？

我：早晨，乜乜診所。

男：我噚日嚟睇過嘅，記唔記得我？

我：請問係乜名？有乜事呢？

男：XXX，我噚日咪嚟睇塊面嘅！

我：嗯，係呀～

男：啲暗瘡膏搽完之後塊面好緊呀，係咪正常㗎？

我：好緊？點緊法呀？

男：一郁就成塊面皮扯住晒咁呀！

我：你點搽呀？

男：就咁搽囉！

…對唔住，係我問得衰～

我：你搽幾多呀？有暗瘡嘅地方先點一點咁搽呀～

男：我好多呀，咪成塊面咁搽囉！

我：我噚日見你好似都冇咁嚴重㗎？你唔使搽咁厚咁多㗎～

男：嗰盒我用晒喇，可唔可以再配多盒？

我：可以～不過你真係唔好搽咁多…拎棉花棒點一點就得㗎喇～

男：我噚日都覺得奇怪㗎喇，一搽完乾咗之後就緊晒，仲可以好

似啲面膜一塊塊咁撕出嚟⋯⋯

我：你下次用少少得㗎喇～

男：但係咁用得唔得㗎？塊面好似滑咗好多呀！

我：你正常用少少啦～

男：哦⋯好啦！

收線後，我同大家姐妹妹仔講返有件咁嘅事⋯「滑咗好多喎」，係女聽到都歡喜啦！

我除咗口罩，拎起枝暗瘡膏：等我試下先！

大家姐一手搶咗枝膏：咪＿嗮嘢啦！公司嘅拎嚟玩㗎咩？

說罷，佢大 Pat 大 Pat 咁揸乾枝膏拉上面⋯

⋯

⋯

⋯

完事後，大家姐問：得唔得呀？有冇靚到呀？

我哋冇出聲，直接衝出診所去食 Lunch ⋯⋯

冇效嘅！塊面仲油咗勁多！你陰大家姐！哦！ 🙄 3.3K

#30-59

診所低能奇觀 3

FUNNY + CLINIC

case	symptom	等著你回來
#30	remark	

「可唔可以畀我睇先呀？我瀉咗幾次啦！」姨姨說。

我：可以呀～你等等呀，醫生就返到……

姨姨：你畀我睇先呀～

我：係呀，你係第一個呀。

姨姨：我睇先呀？我好唔舒服～

我：我知，你係第一個睇呀。

姨姨：入面係咪有人睇緊呀？

我：冇呀，醫生未返呀。

姨姨：我係第一個？

我：係呀，你係第一個呀。

姨姨：我睇先呀，我瀉得好辛苦～

我：醫生返到你就睇得㗎喇～

姨姨：醫生係咪睇緊其他人呀？

我：唔係呀，佢未返到呀。

姨姨：係咪喺醫院巡房睇其他人？

我：唔係呀。

姨姨：我係第一個睇嘛？

我：係呀？

姨姨：我前面有冇人呀？

我：冇呀。

姨姨：醫生返嚟，我就可以入去？

我：係呀。

姨姨：即刻有得睇？

我：係呀。

姨姨：我係第一個？

醫生，你返嚟未？我好掛住你！ ❤ 3.9K

case	symptom	
#31	哇聲四出	
	remark	

一位尊貴無比膠膠在上嘅舊症到診所，將佢無敵珍貴嘅金色醫療卡拿在手裡放在胸口前～

佢：我係揸卡嘅！登記呀！

係嘅係嘅，小人知道，我：好呀～

我打電話上醫療卡公司拎 Approval Code，唔打尤自可，一打就柒咗⋯⋯

我望住喺登記枱上擺 Pose 托住單邊腮的先生說：先生，唔好意思，你張卡用唔到，公司嗌你自己畀現金～

佢：邊個話我張卡唔用得？

我：卡公司嗰邊話你今個年度已經爆咗，所以唔用得。

佢：扣下年囉。

我：先生，冇得咁扣啊。

佢：你照碌啦，使乜理？

我：醫生可以開收據畀你，你自己返公司再 Claim ～

佢：我有卡㗎嘛！喂！卡喎！阿豬阿狗都有喋你估？

說話就不能夠咁講啦！應該你公司老闆至清潔姐姐都有呢張卡咁啫，睇你間公司咁大公司，應該間間哋保守估計幾萬人咁啫～

我：或者你打返去公司自己了解下……

佢：點解要我自己了解呀？你 Ser（服務）我㗎嘛？

我畀佢嚇到目光呆滯：哇……

佢：我畀得生意你做，你咁嘅 Service？

我仍然覺得好驚：哇……

佢：你點呀？

冇～我嘅「哇」充分表現我對大人你嘅欽敬有如黃河泛濫咁啫……
完全係由內到外嘅真心反應……（仍然呆滯、抬頭、目光放空）

佢：妖，我去第二度！

哇……… 👍 6.4K

comments

Matthews Ma
我有張閃中閃萬變卡……

Lancelot Wong
哇…好大嘅官威！

珍寶豬
我哇到有啲㘡，可以合埋個
口未？我見肚餓想食嘢……

case	symptom	能力者
#32	remark	

有日有兩母子入嚟登記，咁啱撞到醫生行咗出去～兩母子目送醫生，媽媽望住醫生背影：醫生喎……

媽媽回頭問我：佢去邊呀？

我：應該係去洗手間～

媽媽：會唔會等好耐㗎？

我：唔會好耐嘅……

媽媽：係咪屙尿呀？

仔好愕然咁望住自己阿媽：屙乜關你乜事呀？

媽媽個樣更愕然：屙屎嘅話要等好耐㗎！

我個樣更更更愕然，心諗點解你會認為我知道醫生開大定開細？或者…開圍骰呢？

我：…醫生冇講低呀…應該唔會好耐㗎咋，你哋坐低等等呀～

媽媽：都唔知要等幾耐……

佢哋坐咗都唔知有冇三分鐘，媽媽個屎忽一直都貼唔實張櫈，好似俾蟻咬嘅佢終於忍唔住，行埋嚟問我：姑娘，廁所鎖匙呢？

我遞上女廁鎖匙……

媽媽：我要男廁㗎！

我：吓？

媽媽召喚阿仔：去廁所嗑醫生快啲呀，趕時間呀！屎屎嘅有排屙呀！問下佢睇埋你先屙得唔得啦！

阿仔好聽佢媽話，就咁「唉」咗聲就拎鎖匙去廁所，幾分鐘後醫生同阿仔一齊返入診所⋯⋯

醫生塊面黑過鑊底⋯⋯

媽媽：哎！醫生下次唔好行開咁耐啦！我哋趕時間呀！

⋯吊住半嚿屎都要做嘢⋯醫生⋯你好可憐⋯正所謂能力越大，責任越大，辛苦你啦醫生⋯⋯ 😭12K

case	symptom	粟米便便
#33	remark	

開開心心食完 Lunch ～返到診所有電話響起～

我：你好，也也診所～

一把好粗嘅男人聲：你有冇常識㗎？

我嚇到爭啲嘔返個豆腐火腩飯出嚟：先生，請問乜事呢？

佢：我問你嘢呀！

我都唔多好意思答我係低能：Er…請問乜事呢？你冷靜少少講咗乜事先啊……

佢：係咪排粟米呀！

…我真係幾唔歡喜人講啲唔講啲，而家做乜啫？邊個冇常識邊個屙粟米呀？我係屙過粟米咁又點呀？Uncle 你做乜匿喺屎坑裝人屙屎呀？

我：Er…先生，你可唔可以講清楚乜事？邊個屙粟米呀？

佢：我呀！

呼，原來係你，咁屙粟米…要煲粟米湯粟米蓉粟米條？啊！肯定係想整粟一燒！

我：咁…你想問啲乜呢？

佢：我排粟米係咪有問題呀？

我：你指嘅係大便入面有粟米粒嗎？

佢：……你有冇常識，唔通我排便排條粟米？

… 少年，你真的超爆年輕，姐我遇過太多千奇百趣光怪陸離嘅問題，我都變到接受能力超乎常人了…你就算話屙咗架電單車出嚟，我都應該面不改容，只會淡淡的建議你拎精神科轉介信……

我：唔好意思，我都係想問清楚啫，大便有食物殘渣其實好正常…

佢：凹凹凸凸邊正常呀！

嘟……

凹凸…唔正常咩？搓咗「力架」咁反晒光先正常？ 😈 5K

凸點屎應該屙得好好 Feel

―――――― comments ――――――

Elaine Lee
好彩睇嗰陣唔係食緊粟米斑塊飯啫。

Cherrie Kan
唔好嘥，拎返上嚟整爆谷。

case	symptom	屎忽鬼
#34	remark	

忙碌工作中，電話響起……

我：你好，乜乜診所。

對方係一名男子：你好呀。

我：係～今日應診時間至到今晚 6 點 30 分。

佢：我唔係問時間呀。

我：咁你想問啲乜？

佢：問你個屎忽窿。

喂！你鬧我係屎忽窿呀？你屎忽鬼嚟呀！仲要係浸到腫晒嘅屎忽呀！

我：吓？

佢：我問關於屎忽窿啲嘢呀……

噢，屎忽窿嘅問題呢…一般嚟講呢…一係有毛一係冇毛，一係有瘡一係冇瘡，一係有屎一係冇屎…有乜問題，都問醫生啦，多謝合作～

我：你有乜關於醫學上嘅問題可以嚟睇醫生嘅～

佢：我屙完屎之後個窿好似冇咗彈性呀！

用 SK2 神仙水囉？回復二十歲時嘅彈性呀，廣告講嘅……

我：你嚟睇醫生啦……

佢：我頭先屙咗嚿好大好硬嘅屎，咁我都有幾日冇屙屎㗎喇，一屙完好大嚿嘮，之後嗰啲屎就唔係屙㗎喇！

我知我唔應該問，但係：咁係點呢？

佢：係跌出嚟！

…………其實係屎中有戀，佢哋生死相隨啫，不能同年同月同日生，但願能同年同月同日死～佢哋想一齊走咋嘛……

我：你擔心嘅話嚟睇醫生啦……

佢：我梗係擔心啦！點知係咪以後都失驚無神跌幾嚿屎出嚟㗎！

我：咁你嚟畀醫生睇下啦……

佢：你而家幫唔到我解決問題先？

送個紅酒塞畀你用住先？

我：隔住個電話真係幫你唔到，而且我唔係醫生！

佢：咁即係你哋醫生由得我咁啦？

我：你冷靜少少先，如果你講嘅跌屎情況持續，你嚟睇醫生啦，醫生都要同你檢查……

佢：仲檢查？我有事去醫院啦！

我：…咁你去醫院啦……

嘟…（我又畀人 Cut 線）

個紅酒塞係咪唔要喇？  1.9K

case	symptom	童年陰影
#35	remark	

有日,有個媽媽帶小妹妹嚟睇醫生……

入到醫生房~醫生:今日有乜唔舒服呀?

媽媽:佢淨係話好痛……

醫生問妹妹:邊度痛呀?

妹妹眼定定望住醫生,沉默不語……

媽媽:快啲話畀醫生叔叔知邊度痛呀~

醫生:係咪肚痛?

妹妹眼眶紅了,媽媽急了……

媽媽:做乜事呀?係咪好痛呀?醫生,你快啲睇下我個女呀。

醫生:妹妹,唔使驚,話畀我知邊度痛呀,醫生叔叔會幫你~

妹妹嘅淚珠守不住了,哇哇聲咁喊咗出嚟,一路喊一路講:我唔想返學呀嗚嗚嗚……

醫生除低聽筒,溫柔的問:點解呀?返學唔開心呀?

妹妹咬住下唇,樣子似乎受了不少委屈……

媽媽：你詐病呀？邊個教你講大話㗎！

醫生：太太，我哋不如聽下小朋友點講先呀，唔好咁快就話佢⋯

醫生望住妹妹：係咪返學唔開心呀？

妹妹：佢⋯哋笑⋯我⋯嗚⋯⋯

醫生：邊個笑你呀？

妹妹：XXX 佢哋⋯⋯

醫生：哦～佢哋笑你乜嘢呀～

妹妹：佢⋯哋⋯嗚⋯⋯

醫生：慢慢講呀⋯⋯

妹妹：佢哋⋯笑我生得醜樣⋯唔同我玩⋯其他同學又一齊笑⋯
嗚⋯⋯

我唔知大家姐幾時攝位攝咗入醫生房⋯⋯

大家姐：哼！我夠細細個成日畀人話我醜樣！

妹妹抬頭望一望，喊得更厲害⋯⋯

媽媽一手捉起妹妹：咁就唔返學，仲要講大話詐病，一陣你就知
味道！醫生，唔好意思呀，打搞你，我哋唔睇啦！

就係咁…我哋目送咗呢對母女離開……

我同醫生回神後不約而同望向大家姐……

大家姐：做乜呀？我講錯嘢咩？ 👍 3.9K

case	symptom	
#36	remark	插插插

一個「熟客」到診所登記～

佢：姑娘，有冇得插插？

說話要清楚呀，插甚麼呀？

我：插乜呢？刀仔㧓大髀呀？
佢：隊呀，唔通插你呀？

…咁算係性騷擾嗎？

我：冇得插～
佢：哦。

佢哦完之後就坐低，唔夠兩分鐘又彈起身走埋嚟再問：**我識醫生喋，你唔記得我呀？插幾個呀！**
我：我記得，呢度個個都識醫生呀，都係要等呀～佢哋登記早過你喋。
佢：哦……

好啦，佢坐低冇耐又企起身，佢究竟係咪試緊 M 巾滲漏程度啫？

佢：插兩個得唔得呀？姑娘，我知插得嘅⋯⋯

我好細聲：可唔可以唔好再用個插字⋯⋯

佢：你俾我插兩個啦⋯⋯

大家姐行出嚟：你哋兩個插夠未呀？要插入廁所插飽佢！日光日白插嚟插去！離晒譜！

關我乜事，我都冇話俾佢插⋯⋯ 👍 10K

comments

Kenneth Wong
我要插十個！！！

Takaneko Kaz
即刻問下在座咁多位俾唔俾佢插。

Rejinna Ko
大家姐好叻降魔伏妖！

Wanwan Lau
試 M 巾滲漏程度，哈哈哈！

case	symptom	全套檢查
#37	remark	

一個後生女嚟到睇醫生～

醫生：你今日有乜唔舒服呀？

女：老闆叫我放假休息下～

醫生：咁你邊度唔舒服？

女：度度有啲唔舒服啦。

醫生：例如呢？幾耐㗎喇？

女：喏喏有啲，樣樣有啲咁咋。

醫生已經唔多耐煩：咁你因為乜嚟睇醫生？

女篤住電話：你 Check 啦，你係醫生吖嘛！我唔係醫生，我講冇用㗎！

醫生：你講下邊度唔舒服～

女：你直接 Check 咪得囉，你話係乜就乜啦！

哇，小姐，你都好甘大枝下喎！

醫生拎起全身檢查嘅單張：如果要 Check，就做個全面性嘅全身檢查啦，而家寫紙畀你去化驗所抽血，今朝有冇食早餐？

女：抽血？！！！唔使呀唔使呀！我有啲啲頭痛有啲咳有啲流鼻水咋！

醫生：嗯，檢查做足啲，全面啲好！

女：唔使呀！我老闆主動叫我放幾日假休息咋！

醫生同佢循例檢查……

醫生：你樣樣都係得啲啲，少少傷風啫，一日病假休息得㗎喇，出去等拎藥啦。

女：寫多一日得唔得呀？

醫生：係得一日。

佢扁住嘴走，扁住嘴畀錢拎藥……

Cut！！所以話做人不要太 6 ＋1，5＋2，4＋3 呀！自己攞嚟嘅～下次畀少少誠意啦～～ 4.8K

———— comments ————

Penny Fung
畀多少少誠意啦，臨時演員都係演員～～

Andrew Ng
老闆叫佢放假，醫生紙其實都唔使啦。

Kelvin Lee
寧得罪高登，莫得罪醫生。

case	symptom	
#38	remark	西藥有渣

一位太太拎藥～

我：啲藥都係每日四次，每次食一粒嘅，食啲嘢先好食藥呀～～

太太：揀一粒食呀？

我：每一包拎一粒出嚟食呀～

太太：哦！逐包都要食一粒！

我：係呀～有冇唔明白嘅地方？

太太：冇喇冇喇，好易啫，逐包拎一粒吖嘛！

我：係呀～

太太：好啦好啦！唔該你呀阿妹～

相隔一個鐘，太太打電話到診所：喂？我係頭先嗰個乜乜乜呀～

我：係，有乜事呀？

太太：啲藥要唔要翻渣㗎？

我以為我聽錯：吓？唔好意思，我聽唔清呀？你可唔可以講多次？

太太：翻渣呀，要唔要呀？

我呆咗，How to 翻？屙篤茄出嚟四碗水煲埋一碗水，之後大嗌飲勝乾咗佢？

我：呀……西藥嚟㗎喎，冇翻渣呢回事㗎，吞咗就得㗎喇…

佢：哎呀！我打錯咗去西醫呀？哈哈哈哈哈哈哈哈哈哈哈！冇嘢啦，拜拜！

我：太太太太太太！唔好收線住呀～～太太！

佢：哦？

我：你有冇中西藥一齊食呀？

佢：有呀。

我：你有冇同醫師講呀？

佢：冇喎，一向都咁食㗎喇～

我：或者隔返三個鐘先食另一種藥呀～

佢：得啦得啦，收線啦拜拜！

嚇得我，以為佢真係要食屎…… 2.7K

comments

Victor Leng
中西藥溝埋食，藥到命除。

Stephen Lau
唔會拎碗中藥送西藥掛……

Joyce Chow
XD 嚇得我呀，我以為佢攞粒藥丸去煲！

case	symptom	排油丸
#39	remark	

有日，有位小姐到診所登記：姑娘，可唔可以畀我睇先？我個肚好痛！

我：唔好意思呀小姐，排你前面嘅發高燒…好快到你喇喇，等兩個啫～

幸好小姐好明白事理，乖乖行去坐低等…正當佢準備坐低，屁股向下壓嗰下…「咈～ SSSSSSSSSSSSSSSSSSSSSSSS」……

世界停頓咗，佢嘅 Pose hold 住咗，我同病人都呆蛋咗，大家嘅視線一齊望向同一方向……

本身大家都冇乜嘢，諗住尷尷尬尬望下就算，不過小姐慘叫咗一聲：呀～～

嗰刻我知道，佢應該唔係放咗一個乾屁咁簡單……

嗯，係呀，好不幸，佢粉紅色嘅褲仔添上色彩了。

小姐：姑娘，你有冇褲呀？

我：…冇呀……

小姐唔知點解突然將佢嘅不幸化成怒氣遷怒於我身上：我都叫咗你畀我睇先㗎喇！你而家搞到我咁喇！你至少畀條褲我換咗先

呀！離晒譜！

其中一個病人多口：自己瀨屎都關姑娘事？

小姐繼續同我講：你畀條褲我換咗先啦！

我：唔好意思呀小姐，我哋真係冇褲可以畀你……

小姐：你唔係要我咁呀？你試下咁呀！你會點呀！你喺我角度諗下啦！

如果係我，我會想搵窿捐……

我：你等等呀～

我行入去醫生房問：醫生，你有冇唔要嘅醫生袍呀？

醫生：你睇下櫃入面有冇～

我拎住件醫生袍出去：小姐，一係你笠住呢件先，遮住先，到時再出去買褲……

小姐望住件 Oversize 袍表示不滿：咁騎呢點著出去呀？你哋褲都冇條呀？真係好麻煩！咁著出去咪仲礙眼！你喺我角度諗下呀！

食排油丸，係屁都唔放得㗎 Baby ～成日漏油㗎～～好好好好好麻煩㗎～～  4.2K

comments

Vannie Hui
女人肚痾第一件事是加 M 巾墊是常識吧！

Beli Ming Ho
問題係俾佢睇先唔代表唔會瀨屎……

Agnes Ng
男人食排油丸都要用 M 巾。

Cat Lee
漏油蛋黃月餅！噢賣葛！今年食
月餅都會諗起你呢個故仔囉！

珍寶豬
好溫馨呀，食月餅諗起我～

Benson Ngan Mo
寶豬咁都可以同食嘢拉上關係，服！

珍寶豬
啖啖油啖啖美味～

case	symptom	
#40	remark	現眼報

滂沱大雨～～

有個女的入到診所，把直身遮滴晒水～

我：小姐，麻煩你放把遮去遮架呀，唔該你呀～

佢：唔使啦，都冇乜水咋嘛，又冇人！

我：地下濕晒喇，跣親人就唔好啦～

佢：邊有咁易呀，少少啫。

屎忽鬼，把遮濕到瀨尿咁，都話少少～個遮架唔係診所裝飾嚟㗎！如果天不怕地不怕大家姐喺度就好了，起碼可以屌到你上太空，遮都化灰！

我：放一放去遮架好方便啫……

佢：唔好咁麻煩啦，入得去見醫生未呀？

佢瀨住尿咁入去見醫生，我就嗱嗱聲拎地拖出去拖乾笪地～

拖～拖～拖～到佢由診症室開門出嚟時：哎呀！

咦，你仆街呀？乜咁易仆呀？

一邊扶起，佢一邊抦：想跣死我咩！有水嘅！

我：係呀，啲水你嘅，我顧住拖得出面，你又拎把遮入去醫生房滴水～都嗌咗你放喺遮架度，有冇事呀？痛唔痛呀？

佢：啲水實係我㗎？唔畀係第二個呀？我把遮都乾啦！

我：都冇人…係得你一個咋～

佢：你個地拖濕㗎！

我：係喇係喇係喇，坐低先啦！

佢繼續不停抦：門口點會無啦啦有水喺度呀！肯定係你個地拖啲水啦 Blahblahblahblahblah ……

係喇係喇係喇，一定係我啦～打返幾個白鴿轉畀你睇囉～

我繼續撩鼻～ 6.5K

———— comments ————

Shubi Leung
咦？你仆街呀 LOL

珍寶豬
咦，點解咁易仆嘅？

Irene Li
條路自己揀，仆街唔好喊！

case	symptom	白帶
#41	remark	

有日我坐喺登記處度，有個講嘢唔咸唔淡嘅小姐傾住電話咁走嚟問我有冇紙筆借，咁我畀咗紙同筆佢～佢就一路傾電話一路寫……

寫寫下，佢突然好大聲喝我：有冇白帶呀？

我呆咗唔識畀反應：……

佢再講：白帶呀！

白帶呢家嘢呢…就…應該個個女性都有嘅～多與少嘅問題啫…雖則呢度係診所，但眾目睽睽之下，我點答你「係女人都有白帶」…

佢已經等唔切我嘅回應，手指指加大聲嗌：喂，白帶呀，嗰度呀！我見到你有白帶呀！

嚇得我自己視線向下自我檢查，冇喎！我再抬高頭，望住佢手指嘅方向……

頂你咩！係改錯帶改錯帶呀！白你個頭呀！ 👍 6.5K

―――― *comments* ――――

> **FlyFly Chiu**
> 我做 Office 嘅，有個同事問我有冇悔過水？原來係塗改液！

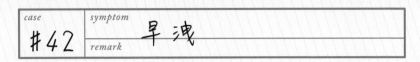

case	symptom	早洩
#42	remark	

電話響起～

我：你好，ヒヒ診所～

對方係一位男士：係咪診所？

我：係呀～

佢：係咪我睇開嗰間？

我：我哋係ヒヒ診所～

佢：咁係你啦，你係咪另一個冇咁肥嗰個姑娘？

我：……係。

佢：你記唔記得我係邊個？

我：唔記得，唔認得你把聲～

佢：咁就啱喇！你記得我反而唔敢問！

喂！咪住！有冇得改口供呀？我記得你呀！姓陳？姓黃？姓李？
你唔好問住！我記得你㗎！我真係記得你㗎！

佢：你有冇喺診所見過啲女人下面好緊？

…我而家都好緊，拳頭緊呀！

我：先生，請你自重！

佢：我真係問你嘅㗎！你唔係當我挑逗你呀？肥婆眾人皆知係鬆㗎喇！

…我妖你呀？你忽L咗呀？最緊係你朵菊花！你用JJ嘅延伸感受自己屁屁嘅緊緻囉！

我：先生，你尊重下人好喎！

佢：你以為我性騷擾你，你就好尊重我呀？我問你啲女緊唔緊咋喎！

我：你有乜醫學上嘅問題就直接嚟問醫生！係咁，拜拜！

我收線後，谷氣到出煙，大家姐問我：做乜呀你？急屎呀？

我：唔係呀，頭先有個衰人講咸濕嘢！

大家姐：哼～你都成日講啦！

我：佢話眾所周知肥婆係鬆！

大家姐：佢牙籤仔豆膶米先有咁嘅錯誤觀念，呢啲仆街冇嘢叻，吹大自己碌L最叻，好大可能係Joseph* Wong！

醫生咁啱經過藥房，大家姐問：醫生你係咪呀？

醫生完全唔知發生乜事：哦？係呀！

Hi，醫生，你由今日起叫 Joseph 了…… 4.2K

*Joseph，亦即早洩。

死牙籤仔！ 肥婆肉鬆！

case	symptom	我是平嘢
#43	remark	

一位小姐臨收工嚟到診所，入到嚟望下天望下地，之後轉身打個電話：喂？我搵到間收得平啲呀，你過嚟吖～

小姐又轉返個靚圈望住我：你等等呀，我問下佢……

小姐問我：係咪就收工㗎喇？

我：係呀，收七點嘅。

小姐又轉圈講電話：喂？佢話收喇～你行快啲呀！吓？我問下佢…

小姐又轉回來我嘅懷抱，問我：如果喺你收工前嚟到，有冇得睇呀？

我不願再放開你，心諗「讓我哋一齊留到聽朝朝早，一齊睇日出啦 Baby」：七點前到就有得睇呀～

小姐又轉圈：喂？七點前到喎…哦…我問下佢～

Come on baby，我等你轉圈圈轉回來呀～可否不要再轉？可否永遠留在我眼前？因為…我有啲眼花。

小姐問我：如果收工前到係咪就有得睇？七點四左右有得睇㗎可？

唔好蝦我眼花花就以為我頭腦唔清醒呀！邊個係乳頭邊個係春袋我仲分得出！

我：七點四…收咗工喇～

小姐：醫生未走就有得睇？

我：醫生七點準時走～

嘜！講得嘜又夠鐘收工，歡樂時間過得特別快～又係時候講 Bye bye！Yeah！我哋開始倒數！十，九，八，七，六！

醫生房門打開，一身西裝嘅醫生大步大步行出診所……

噢，Sorry…醫生今日早咗幾秒走～原來係比準時更準時……

我：噢，頭先行出去嗰位就係我哋醫生，我哋收工了～

小姐終於唔再轉圈，黯然咁同電話講：你去返貴啲嗰間啦，間平嘢收咗工喇！

我哋唔睇日出嚟 Baby？你唔再轉圈嚟？我等緊睇你打破世界健力士紀錄呀！ 👍 5.3K

———— *comments* ————

Hei Hei Chow
醫生同飛機一樣，唔等人㗎。

Michelle Ng
阻人收工猶如殺人父母……

case	symptom	
#44	remark	口探添煩惱

女：咦～～我唔要呀！

男：擘大口，含住佢啦！

女：咦～我真係唔要呢～

男：好快㗎咋，含一陣啦！

女：我頭先都講咗唔想咯～唔要呀～

男：含一陣，擤一陣咋。

女：唔乾淨㗎～唔要呀～

男：有套㗎，唔污糟㗎，乖，擘大口……

女：唔要呀～

男：乾淨㗎，擘大口啦，伸條脷出嚟。

女：唔制呀～好多人含過，唔乾淨㗎！

男：姑娘，你有冇同佢消毒呀？

我一直低頭忍笑，未回魂：吓？碌嘢…呀，枝針乾淨㗎！有用火酒消毒㗎！

係咪衰呀！係咪衰呀！探個熱啫！ 👍 6.3K

\# 媽媽教落唔好亂放嘢入口
\# 唔好俾人呃你嘅雪條 \# 診所冇雪條嘬

乖啦！
擔一陣～

唔制！
個個都含過咁污糟！

comments

Apple Tang
佢唔會出街食飯？隻叉仲多人含過喎！

case	symptom	癡戀
#45	remark	

有一晚診所熄晒燈，休息牌高高掛…我執埋手尾準備走人……

突然！！！

「咯，咯，咯…」，有人敲玻璃門。

我冇理到……

「咯，咯，咯，咯，咯！！！」，敲得更急。

我行去諗住隔住玻璃門睇下乜事～

…我見到有個女人喺度親吻玻璃……

我隔住玻璃問：小姐乜事呀？

佢：開門畀我入嚟呀！

我：收咗工㗎喇，醫生走咗㗎喇～

佢退後兩步，從佢臉上我睇到「崩潰」：吓？幾時走㗎？

我：都十分鐘左右……

佢：做乜唔講我知呀？

嗯…你問我咪講…你唔問我又點講……

我：掛咗休息牌㗎喇……

佢：你 Call 醫生返嚟呀！

醫生，唔好望返轉頭呀！

我：醫生聽朝會返嚟㗎喇～

佢：我要今日假紙呀！聽朝返工前嚟攞呀！

我：冇得咁㗎～聽日睇醫生都只可以拎聽日嘅，冇得拎返今日㗎！

佢：我唔係冇嚟呀！係你唔 Call 醫生返嚟！

我：你應該喺應診時間內睇醫生呀～

佢：咁我有嚟到診所㗎，係你冇醫生畀我睇咋嘛！

我：醫生都會收工…都要休息嘅！

佢：我有嚟睇，你冇醫生喺度咋！

我：你去第二間啦……

佢：你唔打畀醫生問下點知佢唔睇我呀？

固執都係一種病，小姐你病得太重了，我醫生已經結咗婚，你放手啦～不要太迷戀哥了，哥也不帥……

我：醫生而家唔會返嚟㗎喇…你去第二間啦！

佢好躁咁爆住粗走：黐__線㗎！電話都唔打個，做乜 L 嘢姑娘！

你呀！唔好病呀！冚家都唔好病呀！

感謝你的時刻關心令我暖在心頭，硬在指頭。我全家都好幸福。

 7K

開門呀！　我要拎假紙呀！！

CLOSE

做咩啫你～
你過主啦～

有日診所幾多人下～有個叔叔入到嚟，粒聲唔出…行咗去水機度～好瀟灑咁拎出私伙水樽，斟啲熱水又斟啲凍水～裝滿後佢單手挨住部水機卸卸力，單手拎起水樽舉杯暢飲……

「咕嚕咕嚕咕嚕咕嚕咕嚕咕嚕…」佢震動嘅喉核發出嘅聲音係多麼的性感，令人超期望佢飲完之後會滿足嘅「呀」一聲，即係好似啲飲品廣告叫呀，你明唔明呀？

「咕嚕咕嚕咕嚕咕嚕咕嚕咕嚕…」，一樽飲完了。佢又再斟啲凍水斟啲熱水，水機對住佢無情嘅榨取，只可以不停用「Bu 嚕 Bu 嚕 Bu 嚕 Bu 嚕 Bu 嚕」同嘔咗好多空氣泡抗議…

我一直望住佢，佢眼尾或者可能應該曾經有注視到我，不過佢一直冇正眼望住我……

直到我開口：先生，請問你係咪睇醫生？係嘅就登記先啊～

佢停止咗幾秒，我哋對望咗幾秒……

然後，佢繼續斟滿佢嘅 1L 水樽，滿足地扭實樽蓋，大大步離開診所……

嗯…點呀？我係海市蜃樓呀？我喺熱情嘅沙漠度呀？ 4.1K

case	symptom	菊花綻放時
#47	remark	

就快食晏，諗緊食咩好嘅時候電話又響起～

我：你好，乜乜診所～

對方嘅聲音有啲痛苦：我想問少少嘢……

我：係～乜事呢？

佢：你哋呢度有冇人試過屙爆咗個屎眼？

點爆？爆嗰時有冇「卜」一聲？

我：……冇呀。

佢：你哋醫生做唔做縫針？

我：唔做…不如你去急症……

佢：流少少血，可能損咗…可唔可以叫醫生上門檢查？

我：唔好意思…我哋醫生唔上門㗎……

佢：咁好啦，冇嘢喇，拜拜……

隔咗一個鐘左右，電話又響，又係佢……

佢：姑娘呀！

我：係～乜事？

佢：你哋係咪就快食晏？

我：係呀，就截症，你要睇醫生就而家好喺呀～

佢：可唔可以叫醫生上一上嚟睇下我？

我：……醫生唔上門㗎……

佢：咁……你可唔可以上嚟睇下？

我：我都唔會……

佢：我頭先用相機影相睇自己，好似真係爆咗，附近仲有啲紅腫。

我：你痛到行唔到呀？

佢：行到。

我：咁你落嚟畀醫生睇啦。

佢：診所咁多人……

你覺得我會叫你喺公眾面前除褲檢查？

我：入房畀醫生睇嘅，冇其他人睇到㗎……

佢：我嚟啲人咪知我乜事……

你又覺得我嗌你入房嗰時會嗌「屙爆屎眼嗰位陳大文」？

我：人哋點會知你乜事……

佢：你都係幫我叫醫生趁食晏嗰時上嚟睇一睇我呀！你問咗醫生先啦！

我入到醫生房：醫生，你想唔想一陣食晏加餸？

醫生：加乜餸？

我：有人話想請你上門檢查肛門。

醫生：唔好成日畀麻煩我好冇？

我：問下啫～

我拎起電話：先生，醫生唔上門呀～

佢：咁…冇嘢喇，拜拜。

到我 Lunch 回來後，電話又響，陳生，乜又係你呀？

佢：可唔可以叫醫生上嚟睇下我？

我：先生，你打嚟問咗三次喇，醫生真係唔上門㗎，你落嚟睇醫生啦好冇？

佢：諗住樓上樓下冇所謂嘛……

我：你落嚟睇啦……

佢：上一上嚟好快啫！

我：你放心落嚟啦，冇人會知你乜事㗎⋯⋯

佢：我諗住醫生順便上嚟睇埋⋯⋯

我：唔會順到便⋯

佢：你畀醫生電話我呀⋯我 WhatsApp 佢呀⋯⋯

醫生，你不如真係考慮開個 Number 做 WhatsApp 診症啦，真係有得做㗎！ 👍 12K

菊花開～
　開燦爛～

case	symptom	通渠佬
#48	remark	

有日有位叔叔嚟登記睇醫生～

佢：阿妹，你呢度有冇啲好似通渠佬咁嘅嘢賣？

我以為自己聽錯：吓？唔好意思，你講乜話？

佢：通渠佬呀！

我：買通渠佬去五金舖呀…？

佢：你當我傻㗎？

我：…我…冇…呀……

佢：我係問你有冇啲好似通渠佬咁嘅藥呀！

我：你想通邊度？

佢：喉嚨呀！

我都係第一次聽到有人話自己嘅喉嚨係一條渠…多數渠呢，我都係諗起屎…嗯…屎呢…就係渠呢…咁喉嚨呢又渠呢…又屎呢…仲唔係叫自己食屎？

我：你係咪哽到嘢呀？魚骨？

佢：我飲完酒塞住咗！

我：…吓……

佢：你畀支通渠佬咁嘅嘢我飲下啦！

我：你畀醫生睇咗先，我同你登記先…另外…通渠佬唔飲得㗎……

佢：即係冇得而家即刻通呀？

我：畀醫生睇咗先，了解咗你情況先～

佢：咁有冇泵呀？好似廁所泵咁，泵返通？

呀！！！！！！！！！！！又通渠佬又廁所泵！我嚴重有幻覺企喺我前面嘅係一條寂寞的渠呀！**救命呀！！！！！**

我：我哋呢度就冇泵嘅……

佢：咁你哋有啲乜呀？

我：我哋有醫生！醫生要睇咗先幫到你！

佢：你乜都冇，幫到我啲乜？唉，唔好喇唔好喇，我去搵過第二間啦！

…其實你係咪飲醉咗以為自己變咗個屎坑咋？ ♥ 6.1K

case	symptom	挑
#49	remark	

嗰日一位姨姨嚟到診所：**我想打流感針！**

我：好呀，同你登記咗先呀～你想打三價定四價？

姨：我打咗三價㗎喇！

我：你意思係你最近打咗三價流感針？

姨：係呀！

我：咁你唔需要再打㗎喇，打一枝夠㗎喇，你以前未打過咩？

姨：我年年都有打㗎！

我：咁你唔使再打啦，下年先再打啦～

姨：我喺另一間診所打嗰枝話係三價嚟㗎！

我：打一枝夠㗎喇～

姨：你同我打埋嗰四分一針呀！

…點四分一法？齋入個針頭唧兩滴？

我：冇四分一針打㗎，成枝打㗎……

姨：你補少少針得㗎喇，我爭少少咋！

我：三價同四價嘅分別，唔係枝針大少少…係四價比三價多咗對乙型流感嘅保護～

姨：你挑返啲乙型畀我呀，照計錢呀！

…點挑呀，唔係挑紅豆綠豆呀～唔好講咁多，我畀枝針你，你挑！挑到個乙型流感出嚟同大家 Say Hi！快！挑呀！挑啦嘛！

我：冇得挑㗎……你下年再打啦～其實三價都夠保護㗎～可以唔使咁擔心嘅～

佢：點會冇得挑呀？人哋都可以啦！

我：咁你去返人哋度啦，我哋呢度真係冇……

佢邊講邊走：我又唔係冇錢畀……

挑黑頭我就得，挑唔挑呀？ ❤ 4.6K

黑頭就有得你挑
制唔制？

我而家
畀你挑～

你挑啦！

case	symptom	
#50	迷藥	
	remark	

一個後生女睇完醫生，診斷為皮膚敏感～

醫生都開咗抗敏藥畀佢……

到我出藥，佢見到得一包藥：得呢包咋？

我：係呀，你敏感食抗敏就得……

佢：畀多兩包我做後備呀！

我：點做後備？

佢：呢隻唔得，我咪即刻食另一隻！

我：唔可以咁食㗎…食完都冇咁快即刻冇事嘅～

佢：一入口嗰下就 Feel 到有冇料啦！

玩咁大？點 Feel 呀？有冇後勁㗎？

我：你食咗呢隻先啦……

小姐二話不說咁生吞咗一粒丸仔：唔得嘅話，你就叫醫生畀多兩包我！

我：呢啲唔係糖……

小姐舉起手板，做出一個 Stop 手勢，閉起雙眼…啊～應該係佢所講嘅 Feel 啦，係咪 Feeling 呀？好唔好 Feel 呀？嗒真啲呀，Feel 到係正嘢記得上 Openrice 畀個正評呀！

佢擘大眼問：有冇水？粒藥好苦……

我畀咗個水杯佢：點呀？感覺點呀？

佢：我坐陣先。

哼！又話一入口就知！你 Fake 我嘅！

我：哦……

小姐繼續閉眼運功，我都不知不覺做嘢做咗成四十五分鐘，小姐仍然冇郁過……

我：小姐～小姐～小姐……

佢緩緩擘大眼：嗯？

我：你冇事吖嘛？你坐咗喺度好耐喇～不如返屋企休息啦！

佢：我突然好眼瞓……

……抗敏藥有睡意㗎嘛……？

我：粒藥係眼瞓嘅……

佢：要眼瞓幾耐……

我：因人而異啦，你一係打電話叫朋友或者屋企人接你呀？

佢打電話同對方講：喂？你喺邊呀？過嚟診所呀…個姑娘畀咗粒迷藥我食，食到我行唔到…我個人好迷呀……

又關我事？又係你話要 Feel 下嘅？要迷都迷個靚仔啦…… 👍 9.8K

―――― *comments* ――――

Andrew Fok
好有口感，仲有 After taste 添（好暈呀！）

Gogg Cheung
我想知佢朋友／屋企人嚟接佢時係咩反應～

珍寶豬
不停同我講唔好意思……

Ying Ying
我反而想知，嚟接佢嗰位有冇對菇涼妳做咗啲乜……

<table>
<tr><td>case
#51</td><td>symptom</td><td rowspan="2">粟米湯</td></tr>
<tr><td>remark</td></tr>
</table>

有日診所忙到我死下死下，有位小姐衝入診所，氣都未唞順就講：姑娘，救命呀！

我都緊張埋一份：有乜事呀？

佢拎個膠袋擺上枱面：我嘔咗呀！

…個膠袋入面嘅係你嘅嘔吐物嗎？拎畀醫生加餸呀？咁客氣呀？

我：咁呢個膠袋……

佢：係呀！我啱啱嘔㗎！

呀！啊！呀！啊！呀！啊！呀！啊！呀！啊！你做乜咁厚禮呀？我唔要呀！我唔要呀！你拎返去整粟米湯啦！

我：你…拎去掉咗佢先，你睇嘔嘅話唔需要拎袋嘔吐物嚟嘅，乖～去處理咗佢先……

佢邊講邊解膠袋結：唔係呀…你睇下……

我崩潰了……

我企圖阻止：小姐，等等，講還講，唔好搞袋嘢，小姐等等等等

等等等等等等等……

顯然我又係冇9用的，佢：唔係呀，你睇下……

崩潰二次方，嘔吐物坦蕩蕩的顯現於我眼前……

佢：我好大鑊呀，嘔咗自己啲內臟碎出嚟！

咪L玩啦，你估你自己中咗化骨綿掌呀？喺邊度同高手過招嚟呀？好地地做乜嘔件膶出嚟滋補養生呀？

我：正常就唔會咁嘅……

佢：你望下呀～

我望一望：冇嘢呀，嘔吐物一堆…又冇血……

佢托一托膠袋底，似乎係想尋找某啲嘢：你等等，我畀你睇下…你睇下呀！呢度呀！粉紅色㗎，有啲橙色咁㗎！係我啲內臟！係咪我個肺呀？

個肺咁脆弱嘅話，我都應該嘔得七七八八…不過我的確望到一嚿粉中帶橙嘅殘渣：嗯？今日食過啲乜呀？

佢：壽司…日本嘢……

謎底解開喇！

我：係咪食咗三文魚呀？

佢：冇呀～

能大唷！竟然？

我：咁……

佢靈機一觸：啊！花之戀算唔算三文魚？

我：啲花之戀外圍咪係三文魚……

佢：食三文魚會甩肺㗎？

我就俾你激到甩肺：你嗰啲係食物殘渣，係三文魚肉…唔係你嘅內臟…你綁返埋袋嘢先，同你登記睇醫生呀～

佢：吓…你講真㗎？

我：你可以同醫生講呀～

佢：姑娘，我信你㗎，你話唔係內臟我就安樂喇，頭先嚇到我六神無主呀！咁我唔睇醫生喇！拜拜姑娘，唔該晒姑娘！

唉，醫生又俾我趕走咗個客…正當我為自己所做嘅嘢感到愧疚…枱面…你袋嘢呀！！！你漏低咗袋嘢呀！！我唔要粟米湯呀！！！

 3.7K

case	symptom	醜 死 怪
#52	remark	

話說仲係水銀口探時代嗰陣⋯有對母子登完記探熱～

我：坐低等等，得嗰陣嗌你呀～

佢哋行埋去坐低，都冇十秒，媽媽就問：小姐，得未㗎？

我：未得呀，三分鐘呀～

媽媽：幾時先得呀？

我：得嗰陣會嗌你呀～

媽媽：哦。

隔多廿秒，媽媽望住阿仔：得未呀？俾我睇下～

阿仔拎咗枝針出嚟：佢都未㗎，要有啲一聲先得呀。

媽媽：係㗎？

⋯哦？係呀⋯我突然好想「嗶」俾你聽～

我：⋯咦，你拎咗枝針出嚟探唔到熱㗎喎～

媽媽：得喇得喇，夠鐘喇，嗶咗喇，唔好再叫我個仔擔住枝嘢喇，醜死怪！

你點話點好啦～衰鬼，你諗到啲乜所以覺得醜啫？

👍 2.4K

case	symptom	沙漠
#53	remark	

有日…診所好不幸地壞咗冷氣…喺一個接近完全密封嘅空間…即使我開過門，都係病人閂返，話唔想俾人望到喎～

面對如此景況，我哋都努力求存……

病人們一推門入到診所，似乎已發覺診所內有異樣，紛紛細聲講：咁熱嘅咁焗嘅？

登記後，安坐喺度等候醫生回來時，有位病人終於要爆啦！

佢：喂！係咪冇開冷氣呀？

我：唔好意思，冷氣壞咗……

佢：咁點呀？

我：即係冇冷氣……

佢：好焗喎！

我：係呀，壞咗嘛……

佢：咁你唔整？

我：已經約咗師傅整㗎喇～

佢：喂！唔得㗎喎！你診所嚟㗎！咁焗個個喺度等，個個都焗病啦！

其實你有冇諗到我都係喺度焗足十個鐘?

我:真係唔好意思,冷氣壞咗我都唔想嘅……
佢:離晒譜!診所都焗到咁翳到咁!氣都唞唔到呀!

咁不如大家留返啖氣呀?

我:我都唔想…或者你出去行出去等,到你嗰時我打畀你啦好冇?
佢:咁就咪鬼開啦!
我:或者心靜自然涼…你幻想下自己喺一個大草原上……
佢:……
我:唉,其實我都好盡力幻想自己喺草原上,不過我呃唔到自己,
個腦好唔爭氣浮咗成個撒哈拉沙漠出嚟,仲有幾棵燶咗嘅仙人
掌……
佢:你係咪黐 L 咗線呀?
我:你有乜都係同醫生講啦,我個沙漠仲未走……

最後,佢等唔到醫生了……
我個腦嘅畫面係佢俾沙漠流沙包…呀,唔係…係流沙洞吸走咗……

唔好阻住我！我要搵水源呀⋯我的熱情，哧！好像一把火～唏也
唏也唏！ 👍 3.1K

幾時先可以逃出沙漠⋯⋯

熱到 Hi Hi⋯⋯

comments

葉小風
大家姐咪濕鬼晒？

case	symptom	軟硬
#54	remark	

病人拎藥時同我講：我要軟㗎，唔要硬嘅！

我聽到耳仔都側埋：乜嘢軟呀？

佢指住袋藥：呢啲好硬呀！

我：邊忽硬呀？

佢拎枝咳水出嚟：唔要佢咁硬呀！

…點呀大佬，你嫌個藥水樽起角兼唔夠軟熟呀？又唔係叫你連樽啪入口，你做乜嫌棄佢呀？

我：個樽好硬呀？

佢：唔係呀！我唔要呢啲呀！

我：咁你想要乜呀？止咳係呢隻呀～

佢：我要軟呀！

我：點先叫軟……

佢拎其他藥出嚟指住：我要呢種軟呀！

我：哦！丸呀嘛？你要咳藥丸呀？

佢：係呀！

我：又軟又硬，真係聽死我……

咁個「硬」字即係乜…？ ♥ 2.1K

一位太太拎藥後，行咗去坐低檢查下啲藥～睇睇下突然大嗌：小姐！小姐！

低頭族嘅我立即抬頭：係！乜事？

太太：呢啲藥唔係我㗎！

我：你…我睇下～

太太可能腳痺或者用 AA 膠黐住咗屎忽，佢居然一嘢飛包藥埋嚟，好彩我都食過下夜粥接得住～我對一對醫生開嘅藥單同佢包藥，發現……根本冇錯～

我：包藥係你㗎，冇問題呀～

太太：我唔係要呢啲藥呀！

我：你想要乜藥呀？

太太：我同醫生講咗我要上次嗰啲吖嘛！

我：呢啲係跟返上次啲藥嚟開㗎，一樣㗎～

太太谷到面都紅晒咆哮：唔係呢啲呀！！！！

我都好想趁墟谷埋一份咆哮「都話係呢啲囉！！！！你唔食就罷 L 就！！」，呢個反應完全係我夢想……

現實中我只可以：係呢啲呀～醫生已經核對清楚啲藥呀，你可以放心～

太太：你聽唔聽得明人話呀？

汪汪汪汪汪汪汪！
喵喵喵喵喵喵喵喵喵喵喵喵喵～～
汪汪汪汪汪汪汪汪汪！
喵喵喵喵喵喵喵喵喵～～
汪汪汪汪汪汪汪汪！
喵喵喵喵喵喵喵喵喵喵喵喵喵喵～～

我：我係地球人。

太太好激動咁揼佢手袋，一邊揼一邊講：講極都唔明，蠢到咁，話咗唔係呢啲就唔係呢啲啦！係要搞到人發晒脾氣先得㗎！我醒目仲有留返一次藥！

佢揼到一袋藥之後，同樣飛袋藥畀我：你睇下呀！！！！我要係呢啲呀！

我望一望：嗯，你可以直行兩個街口左轉過馬路去對面呀～

太太：講乜呀你？

我展示佢掉畀我啲藥：你肯定係要配呢啲嗎？

太太：我一直都係講要呢啲，上次嗰啲吖嘛！係呢啲呀！你唔識聽人話呀？

我：我識聽～～你直行兩個街口左轉過馬路去對面呀～你呢啲藥係另一間診所嘅…我哋診所唔會配到另一個醫生開嘅藥呀，咁我而家退返錢畀你先呀～

太太呆一呆，拎返錢後，一路走一路講：好心你門口就印大啲個醫生名啦！鬼知你係邊個咩？

係喇係喇，唔好嬲啦～嬲豬唔 Pretty 呀～ 最醒係你啦 Baby ～

👍 6.7K

comments

Fania Wong
佢睇醫生時無發現醫生唔同咗樣？！

Karl Lau
搵醫生轉介佢去睇眼科。

Liszena Sheila
呀！我知喇！對眼一定係坐住咗啦！

case	symptom	渾渾沌沌
#56	remark	

電話響了！

我：你好，乜乜診所。

對方係一位女士：我今日帶個女嚟睇過醫生嘅，十二歲嗰個～

我翻查紀錄：係咪乜乜乜呀？

佢：係呀。

我：乜嘢事呢？

佢：你啲藥食到我個女渾渾沌沌，佢聽日考試咁點算？

我：佢啲藥食完係會眼瞓㗎～

佢：唔係眼瞓呀佢，係渾渾沌沌呀！佢咁渾渾沌沌聽日一定考得差啦！

我：…咁要唔要換隻冇咁眼瞓嘅收鼻水藥畀佢呀？

佢：我都話唔係眼瞓囉！係渾渾沌沌呀！食到佢蠢咗咁呀！點考試呀？你話呀？渾渾沌沌點考呀？拉低晒啲分你話點呀？

我唔知可以點呀，我都懷疑我娘成日畀蠢人丸我啪，所以先搞到咁呀，我可以同邊個投訴？

我：藥就唔會食到人蠢咗嘅……

佢：乜嘢唔會呀！佢未食你啲藥之前仲好精神，溫書都入到腦㗎！食完就渾渾沌沌，食到蠢晒！

我：佢應該眼瞓要休息啫，你畀佢休息下先，病除咗要食藥之外，仲要配合休息㗎～

佢：我講咗好多次喇喎！佢唔係眼瞓呀！

我：你不如問下佢係咪好想瞓覺？

佢隔住電話嗌：囡！你係咪食藥食到渾渾沌沌呀？

渾你妹的！我叫你問東，你問阿西？你個人咁西化嘅？

大氣電波中嘅佢，得唔到阿囡嘅回應…我相信應該係瞓著咗……

佢：你聽下！應都唔應呀！渾渾沌沌到咁喇！

我：你畀佢唞下啦，瞓醒就好好多㗎喇～

佢：佢唔使瞓㗎！佢聽日考試呀！

…阿囡，你仲有冇力幫我一個忙？介唔介意起身綑綁你老母，再用牛皮膠紙封口？你想瞓得安安落落，就要聽姨姨話呀！ 👍 7.8K

─── *comments* ───

> **Lok Kan**
> 睇完我都渾渾沌沌……

> **Vicki Lam**
> 我每朝起身都渾渾沌沌㗎喎，咁典算呀～姑涼？！

case	symptom	女仔
#57	remark	

電話響起～

對方係一位女士：喂？

我：係，你好，乜乜診所～

佢：有冇人聽緊？

…我係人定豬？是但啦，當我係人先啦～

我：係，我係人～

佢：我有啲常識想請教下你。

咦？係咪一百萬嘅問題先？我答我答我答呀！

我：嗯？係乜問題呢？

佢：好常識㗎咋，你一定識嘅。

我：我唔識嘅話，你唔好笑我呀～

佢：人點解體溫會高咗呢？

我知！我知！我知！

我：因！為！發！燒！打！仗！

佢：唔係發燒嗰隻高溫，正常人體溫度係幾多呀？

我：37.5 度左右啦，唔係高過就得了～

佢：咁我就傍住 37.1 － 37.3 度，喺度徘徊～

我：咁冇燒呀，冇高溫呀……

佢：呢個溫度我已經覺得自己處於高溫啦，唔正常呀。

我：啊！我知點解～女人總有幾日係比平時體溫高少少嘅。

佢：經期？

我：係！排！卵！期！

佢：……你係咪性騷擾我？黐線！我女仔嚟㗎！黐線！

…嘟……（俾佢 Cut 線了）

阿女仔呀…係女就有卵㗎啦…你唔好諗到粒卵咁咸濕啦！ ❤ 3.3K

case	symptom	名字
#58	remark	

有日有個女仔睇完醫生，好順利咁拎埋藥走人～故事就此完結？
好嘢！收工！

你就想……

轉個頭佢嬲爆爆咁衝返入診所，成袋藥咁掟埋嚟：全部都唔係我
個名嚟㗎！

啊？怎麼可能？頭先登記明明係你講晒成個身份證號碼畀我聽，我
再搵紀錄…呢個世界上居然有人同你身份證號碼 100% Match？

我：你唔係也也也小姐？

佢：呢個唔係我嘅名嚟㗎！你開過晒啲假紙收據畀我啦！好彩我
　　望下啫，如果唔係交咗返公司又要煩！做嘢唔好咁捹西啦！

我：咁麻煩小姐你畀身份證我呀……

佢一路嘴藐藐拎出身份證，一路講：你哋做嘢咁捹西，好易累死人
㗎，而家就寫錯名，都唔知有冇開錯藥畀人，藥會食死人，你哋
咁做嘢同殺人冇分別……

醫生呀，我好怕怕呀～前面位小姐喺我面前標童咁款呀……

我接過身份證之後，反反覆覆睇完電腦又睇身份證，身份證號碼一樣…出生年月日一樣…冇可能咁詭異嘅！唯一一個解釋到嘅理由只有……

我：小姐…你係咪…改過名？

佢：改咗成年啦！你咁都問？

我：…你唔講，我點知你改咗名…我頭先嗌你舊名，你又有應…

佢：我點知你唔知啫！

搵人殺咗我吧啦…… ❤ 2.8K

做嘢唔好咁捽西得唔得呀！

咁!!

137

| case | symptom | 無尿則清 |
| #59 | remark | |

一個叔叔喺診所開門後冇耐嚟到～

佢：登記呀，未睇過！

我：醫生未返呀，大概十點返，我同你登記先呀～

佢：哦！

登記後，我：得喇喇，你可以十點返嚟，去食個早餐先啦～

佢拎住張診所卡片細閱：哦！

閱完一輪，佢問：我入得去未？

我：醫生未返呀，十點返嘛，頭先我講咗你知嘅？

佢：你話同我登記嘛，你都冇話醫生未返！

…乜你個人咁㗎，聽一半唔聽一半……

我：醫生十點返呀，你可以去食個早餐先返，或者坐喺度等又得～

佢：咁你頭先就唔好話有得睇啦！要等嘅我使乜喺度睇呀！我企喺度咁耐，我以為入面有人睇緊，下個到我咋！

你有幻聽啦，慘慘豬啦你！

我：我一直都係話醫生未返……

佢：咁我而家入得去未呀？

我：醫生都未返…你入去冇用㗎……

佢：咁醫生幾點返呀？你清清楚楚講幾點有得睇啦！

「十點呀！佢講咗十次啦！佢係咪講得唔夠大聲呀？」，唉，又驚動到沈睡嘅巨家姐……

巨…大家姐一路講一路打我肉膊：嗌咗你平時講嘢講大聲啲！冇鬼用呀你！去練下氣啦！生個肺出嚟俾人頂㗎你？

大家姐望住叔叔：係咪洗耳屎呀！十點呀！十點返嚟！我同你洗！

神蹟呀！叔叔終於聽到嘢啦，佢：知道知道！十點返嚟吖嘛！

不過…佢講完呢句之後…從此冇再返嚟啦，可能震碎咗嚿耳屎，無屎自通？窿無屎則清…… 👍 5.3K

#60-90
診所低能奇觀 3
FUNNY + CLINIC

case	symptom	明益你
#60	remark	

順順利利出晒藥畀個舊症時～

到畀錢呢 Part 就出事了～

佢：阿妹，我有啲 Coupon 送畀你呀。

我：係？咁益我？

佢：係呀，兩張 50 蚊超市券呀。

我：你自己唔用？

佢：我好少去呢間超市買嘢，擺下擺下過咗期嚕。

我：過…咗…期？

佢：係呀，用得㗎！

我：過咗期應該唔畀用呀！

佢：去投訴下啲 Coupon 咁快過期就畀用㗎喇！

佢不停塞嗰兩張 Coupon 畀我，塞到好似就咁掉咗嚿垃圾喺枱面…

我：咁…藥呢度 200 蚊呀～

佢畀張一百蚊紙我就拎起袋藥～轉身準備走人～

我嗌住佢：啊～ 200 蚊呀，你畀咗 100 蚊我咋～

佢：咪畀咗 Coupon 你囉，嗰度有 100 蚊㗎⋯⋯

⋯咁都得呀？

我：醫生唔收現金券㗎，更何況過咗期⋯⋯

佢：過吐期啫，都話用得咯！

我：醫生只收現金呀～

佢碎碎唸：後生女少少底都唔肯蝕，自己畀 100 蚊換咗佢，咪有得用囉⋯冇散紙呀，畀張五百你呀！你找返 400 蚊畀我呀！

我：啊！姨姨，我醒起有啲矯形內衣現金券呀，我畀 500 蚊券你呀，可以托返個心口出嚟，未過期㗎！你有賺㗎呀！

佢：⋯⋯⋯⋯⋯⋯⋯⋯咪玩啦，找錢啦！

我一邊找錢一邊講：有賺都唔要呀？

佢：⋯⋯

賺埋賺埋可以上市都唔要呀？做乜唔理我啫？👍 7.1K

呢度 $100，
加埋 Coupon
咪 $200 夠數囉！

我畀返張Coupon
你買矯形 Bra 啦！

comments

Wan Yin Ching
唔好講笑，下次真是出冥通⋯⋯

Chin Chin Stars
姨姨應該漏咗句「阿妹，要貼錢打工！！！」

Bismarck Pang
遲啲可能會有人直接同豬姑娘講：我 Like &
Share 咗你個FB，商機無限呀，唔使收錢啦？

射尿姨

有個姨姨衝住入診所，神情勁慌張，口又震埋咁掩住隻眼～

我：你⋯整親眼呀？

姨姨：係呀，有嘢入咗眼呀！

我：乜嘢入咗眼呀？

姨姨環顧四周，見冇其他人：尿！

乜呀？尿？你用尿做眼膜呀？

我：點解係尿⋯⋯

姨姨：我去公廁，見唔乾淨咪凌空屙，我望住嚟屙，屙歪咗上廁板，彈咗入眼⋯⋯

我其實幻想唔到個情況係點：咁你而家隻眼唔舒服？

姨姨：我怕會盲。

你屙嘅係鏹水？

我：咁⋯你畀醫生睇下啦，我同你登記⋯⋯

醫生輕輕鬆鬆鄧梓鋒，開返支眼藥水又收工！Yeah！👍 6.5K

case	symptom	緊急 Case
#62	remark	

一個姨姨睇完醫生要寫轉介信～

我喺度盤點緊藥，得返…大…家…姐…出藥收錢。

嗯。

嗯。

嗯。

咕～嚕（吞口水）。

大家姐：XXX 可以拎喇。

姨：哦～

大家姐：醫生就開咗封轉介信畀你，你拎去公立醫院排期得㗎喇！

姨：要唔要等好耐㗎？

大家姐：政府嘅等一兩年啦！

姨大感詫異：咁耐？有冇快期㗎？

大家姐：要快咪私家囉！

姨：會唔會好貴㗎？

大家姐：私家就梗貴啦！

姨再勁感詫異：有冇得又平又快㗎？可唔可以叫醫生幫我寫「緊急處理」，畀醫院知我好緊急？

我盤點動作 Hold 住了，頭部緩慢擰去望下大家姐⋯佢嘅身軀微微震動，雙手握拳⋯⋯

大家姐：你而家危殆啦咩？

姨：塊面有撻嘢好肉酸嘛。

大家姐翻一翻眼：有冇都係咁。

姨：⋯⋯

I am so sorry，係咪呢，做乜自己擺自己上枱俾人寸呢～ ♥ 6.3K

case	symptom	國技：變臉
#63	remark	

一朝早好多人等睇醫生，我負責跟症～未食早餐嘅醫生見啲症有增無減，彷彿睇到明年今日，就叫我出去幫佢買份早餐……

買完早餐返到診所，同事話入面有症做緊檢查唔方便開門入去，咁我就企喺出面等…一路等一路感覺到後面有好大嘅殺氣……

一個等睇醫生嘅姨姨同朋友講：而家幾點呀？請佢返嚟食早餐㗎咩？

朋友附和：唔怪得做嘢咁慢，要我哋等咁耐啦！

姨姨：醫生出糧畀佢返嚟食嘅，食到診所成陣味！呢啲正宗懶人好食懶飛！

朋友：投訴佢啦！要我哋等咁耐！

…我一路聽一路有股衝動想擰轉面講「醫生㗎喎，係咪要投訴呀？我同醫生反映下啦」，不過贏咗場交又點，佢要繼續誤會加自我感覺良好咪由得佢囉，篤爆咗，人哋冇嘢好講就冇癮啦……

我返到入醫生房冇出聲，放低醫生份早餐，繼續跟症～

下一位入嚟嘅就係姨姨…佢一坐低見到醫生份早餐喺枱面就話：哎呀，乜醫生仲未食早餐呀？真係貴人事忙啦！好辛苦呀！你食埋先呀，我喺度等你食埋先呀！咁晏都未食早餐唔得㗎！你

食啦！唔使理我㗎！你當我唔喺度得㗎喇！

… Well ～

由嗰刻開始，我對眼由頭到尾都好熱切關懷姨姨……
姨姨曾經同我對望咗 0.999999 秒，但佢極速迴避我……

姨姨，你感受到我的愛嗎？姨姨，你寂寞嗎？你空虛嗎？你見凍嗎？  8.4K

你 Feel 到我視線嗎？

哎呀～
醫生真係忙喇～
辛苦晒～

case	symptom	
#64	remark	淡定哥

有日診所嘅櫈都坐得七七八八，有對情侶入嚟登記後，搵到個雙人位坐低……

鑑於個女仔身形比較豐滿，一坐低已經逼向隔籬位姨姨，不過呢啲好平常啫，平時我去爭鮮食嘅咪又係大家膊頭掂膊頭，不知幾親密呀！

不過位姨姨就唔多受落，厲鬼眼咁睥住個女仔…阿女又唔爭氣，一坐低就要做小鳥依人挨住男友肩膊，呢個動作令佢屎忽不知不覺向外擴展……

女依偎住男友，抬頭嘟起嘴：BB，啜啜呀～

男友掛住篤電話，未有理會，女的繼續進攻：BB 呀～

男友一於繼續理 Hi 你，女的一於少理，屁股半離櫈，一嘢咀去男友面上，發出（甜蜜？）聲響：啜～卜！

姨姨當堂變到咁嘅樣：（；•`д•´）

男友猶如和尚附身，不為所動…女的見自己男友咁有節操，大概激發咗佢體內所有情慾細胞，一心諗住全力攻陷男友…就係咁…女嘅屎忽不停又上又落，又上又落，不停又啜又卜，又啜又卜，屎忽向內收又向外擴，收呀擴呀收呀擴呀收呀擴呀，上呀落呀，好似騎馬咁……

姨姨終於忍受唔到自己嘅身軀不停俾人衝擊：喂！好停啦喎！

女的屎忽半天吊，望向姨姨：做乜呀！

姨姨：已經逼㗎喇，你仲郁嚟郁去，你係咁整到我，你知唔知㗎？

女：哦～你可以唔坐呀～

姨姨激到就爆血管：我坐喺度先㗎，係你逼埋嚟！

女：你咪唔好坐喺度囉！

姨姨：係你周圍郁整到我喎！

女：你可以唔坐㗎，我叫你坐喺度咩？

此時和尚…男友動身了，佢不發一言，沉默的起身，企埋咗一邊…女的都冇再爭論落去，跟住男友齊齊罰企，繼續仔有仔玩電話，女有女嘅卜嘅卜……

呀，我眼前的是淡定哥嗎？佢又成功拯救地球，避免咗一場世界大戰！ ❤ 4.1K

case	symptom	
#65	remark	程至美

流感高峰期，醫生病了，戴住口罩繼續診症……

一位姨姨見完醫生之後，企喺登記處同我講：你醫生自己都病呀？

我：少少啫～

佢：做醫生都病，咁唔小心㗎～

我冇出聲，繼續做自己嘢……

佢：做得醫生都會病㗎咩？

…醫生係有血有肉識食飯屙屎嘅真正人類呀，你見到嘅醫生同我見到嗰個係咪唔同呀？你係咪入咗異度空間呀？

我：醫生都係人嘛……

佢：日日對住咁多菌，唔係慣㗎咩？

…我日日畀嚿屎你食，你會有日突然良心發現覺得好味，覺得佢係天賜嘅美食咩？

我：呢啲冇得習慣呀～人嚟㗎嘛～病好正常……

佢：醫生就係生招牌，自己都病叫啲病人點信佢呀唉…自己都醫唔到自己…仲醫乜人……

我：咁…你都睇咗啦？

佢：我入到去先知佢病啫，睇睇下就咳幾聲，都唔知有冇漏到啲菌出嚟……

我：……

佢：我睇完佢可能仲病過未睇佢…惹埋佢啲菌……

我：……

佢：可能我第一次都好唔到，要睇多幾次……

我：……

佢：我睇完呢次好唔到嘅，下次返嚟睇有冇得收平啲？

某類型嘅女人果然係地球上最勁揪嘅格價專員，無論乜環境乜場合都可以攝一攝去講價，咁都有得講價？唔係嘛？

我：冇㗎喎……

佢：唔係啩？咁都冇？如果唔係醫生病，我可能一早病好啦？

我：唔係啩？

佢：下次冇得平嘅就今次收平啲啦！

我：唔係啩？

佢：你唔收平啲，我咪去睇第二個，第二啲醫生有 100 分，呢度嘅得 70 分……

我：世上豈有完美的？

佢：程至美咁嘅都有呀！

我：……

佢：收平啲啦，當我識醫生囉！

此時藥已出，我：啲藥得㗎喇，咁你要唔要去搵你嘅程至美？

佢：收平啲啦，我過幾日又嚟㗎喇！

我：全部藥都係每日四次……

佢：畀個 VIP 優惠我呀？

「收平啲呀」,「平少少啦」,「收平啲呀」,「平少少啦」,「收平啲呀」,「平少少啦」…… 佢就係咁 Loop 到畀錢嗰一刻～

如果你係有乜難處要收平啲嘅話，大部分醫生都一定肯……但係你居然嫌棄醫生唔係程至美，你知唔知我老闆喺入面抿鼻涕抿到好似流眼淚咁 So 9 sad …… ❤️ 7.3K

你又唔係程至美！
收平啲啦！
多謝我幫襯你啦！

你唔去搵你個程至美？

case	symptom	戰地配藥
#66	remark	

電話響，飛身撲去聽電話～

我：喂～乜乜診所～

對方電話背景極嘈雜：喂？喂？喂？診所呀！我要配藥呀！！！！

我：你畀你覆診號碼我呀～

佢：喂？你講乜呀？我聽唔到你講嘢呀！！

我親吻電話：我話你畀你覆診號碼我！！

佢：好嘈呀！聽唔到呀！我要配藥呀！！

我：你不如去個靜啲嘅地方先打嚟呀～

佢：我聽唔到你講乜呀大聲啲呀！！我配返上次啲藥呀！

我：你畀你個 Number 我先啦⋯⋯

佢：喂？喂？喂？

我細細聲：我哋再講落去都冇意思啦，分手啦，有緣嘅你搵個清幽啲嘅地方先再聯絡我啦⋯⋯

我終於 Cut 咗佢線⋯⋯

大家姐問我：乜事呀？

我：冇～我要同佢 Say goodbye 啫，佢嗰邊太嘈聽唔到我講嘢⋯

大家姐：哦⋯⋯

電話再響起，大家姐飛身撲去……

大家姐好大聲：喂？你打緊仗呀？你斷氣未呀？**未斷氣就爬返出去先好再打嚟呀！！！！！！**

電話再再響起，今次配藥成功啦……（掌聲鼓勵） 👍 7.4K

我感覺自己是零 # 冇咗你我就一事無成
順風順水的日子太短暫 # 我有啲掛住你

---

comments

> **Frankie Luca Wong**
> 我懷疑大家姐其實唔係診所嘅護士，而係食Q！

> **珍寶豬**
> 我睇咗食蕉蕉……

> **Kitty Tsui**
> 都係大家姐堅！！

> **珍寶豬**
> 老而……

> **Jocelyn Chan**
> 成日將大家姐同魯芬BB影像重疊……哈哈～

case	symptom	曬死人
#67	remark	

一對情侶入到嚟診所，男嘅病病，女嘅照顧病病的…睇完醫生，到拎藥時……

女：姑娘，佢有冇啲乜唔食得呀？

我：煎炸油膩嘅唔好食住啦～

女同男講：知唔知呀，唔畀食呀！

男的點頭：知道。

女又問我：咁仲有冇其他嘢唔畀食？

我：冇喇……

女：零食薯片嗰啲係咪都唔食得呀？

其實我自己病嗰時，乜都照食嘅，有胃口就食啦，不過我骨格奇精，你哋都係唔好學啦！

我：少食少食啦～

女同男講：聽到未呀？唔畀食呀～

男的點頭：知道。

女又問我：有冇啲乜唔可以飲呀？

我：…冇呀。

女：汽水可樂嗰啲可以飲？

我：都冇所謂嘅⋯應該⋯⋯

女嘴角向上揚一揚：咁我哋錫錫會唔會傳染？

呀！！！！！！！！！我戴唔切副太陽眼鏡呀！！！！盲L咗啦！！！好L大個閃光彈呀！！呀！！！！！

我：⋯⋯點解頭先你唔問醫生？

女：我唔好意思問男人嘛，我會怕醜⋯⋯

我：⋯⋯哦⋯⋯咁唔好錫住喇，好返先啦～

女的依偎喺男身上，用食指喺男的胸口上打圈圈：咦～冇得錫錫喇，唔畀病呀⋯⋯

⋯我何止盲咗咁簡單？你見唔見到我七孔飆緊血柱出嚟⋯湧泉咁款呀⋯⋯ ♥ 6.9K

case	symptom	
#68	remark	秒回

有日診所坐又坐爆人，企又企滿人，新症又多～喺塞得滿滿嘅人群中，有位阿姨特別出眾，好似漆黑中嘅螢火蟲一樣，咁鮮明，咁出眾！點解？

因為每當我嗌人名嘅時候，阿姨都會用盡佢嘅丹田神功大嗌回應我：係！

我叫人入去見醫生，阿姨：係！喺度！

我叫人拎藥，阿姨：係！喺度！

我叫小朋友度高磅重，阿姨：係！喺度！

我：小姐，你可唔可以唔好乜都應…聽清楚，係自己個名先應我，好冇？

阿姨：係！係！係！

我成功感動到阿姨，好有成功感：唔該晒！

我：陳乜乜先生喺唔喺度？可以入去見醫生啦！

熟悉的語調聲線又再 N 次出現：係！喺度！

我充滿挫敗感：小姐…我係嗌先生，你係先生咩？你做乜又爭住認……

阿姨：冇人應你嘛！

陳乜乜先生按捺不住：阿嬋，係你下下秒回咋！你唔去法庭秒回？非禮強姦打劫殺人乜都搶住認罪吖嘛！

由嗰秒開始，阿姨再冇秒回，我好感動，爭啲流鼻涕…多謝你呀9527！  8.2K

喺度！

係！
喺度！

你出少句聲啦……

case	symptom	年假與病假
#69	remark	

一位女士拎藥後講：我係要假紙。

我：假紙放咗喺袋入面㗎喇……

不如我哋去返半分鐘前嘅情況～

我：有冇乜地方唔明白？冇就入晒啲藥落袋，假紙收據都放埋入去～

佢：哦。

好啦，跳返嚟現在～你個「哦」係代表你敷衍我？

我：你望下袋入面係咪有假紙收據呀？

佢望仕嗰兩張加埋都冇一百字嘅紙，望足五分鐘，之後再望仕我塊 Pizza 面…又望足兩分鐘……

我：係咪…有乜問題？

佢：我唔係要呢啲……

我：你唔係要假紙咩？

佢：係呀。

我：咁呢張咪係假紙囉…？

佢：我要請假…證明……

我：係呢張呀……

佢：嗰個乜…證明呀！

我：你係咪要嚟拎返公司請假呀？

佢：係呀！

我：咁係呢張㗎喇！

你信我啦，我真係冇呃你㗎，我係真心㗎！

佢：如果唔啱可唔可以返嚟換？

…得，冇剪牌冇穿冇爛，冇人為損壞，七日內包換……

我：邊一方面會唔啱呢？

佢：日子可能唔啱。

我：點解呢？

佢：我係想放下星期六日，我同咗老闆講…佢叫我拎假……

麻煩人事部同事同我捉佢走，返公司教育完先好畀佢出嚟呀！

👍 5.8K

case	symptom	EPS
#70	remark	

一位小姐拎藥後，我：呢度 $XXX

佢拎張 Visa 出嚟，「啪」一聲放喺枱面……

我：唔好意思呀，我哋只收現金～

佢睼住張 Visa，唔知係咪想睼到佢嗰張 500 蚊紙出嚟…可能見睼功冇效，嗰唔出嘢，佢就揼手袋～揼呀揼，揼呀揼……

佢…拎住匯豐銀行 EPS 出嚟…又「啪」一聲……

我：唔好意思呀，我哋淨係收現金咋～

佢翻咗下白眼：EPS 咪 Cash 囉！唔係 Credit card 嚟呀！

我：唔好意思，我哋淨係收現金紙幣……

佢：EPS 咪 Cash 囉，你照過機就得啦！

我：我哋係冇嗰部機呀 Sorry……

佢：你話收 Cash 嘅，而家睼 Cash 你，你又唔收…Blahblahblah blahblahblahblahblahblahblah（唔記得喇，太長，冇心記，我已經靈魂出竅咗去打邊爐…）

Hey，baby～This is EPS…我要點講你先明白嗰張係驚天地泣鬼神 I do EPS 呀？妖…… 👍 5K

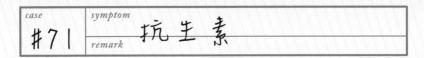

case	symptom	抗生素
#71	remark	

電話響起～

佢：抗生素一日食幾多次㗎？

我：小姐，我要睇睇你食邊隻先，麻煩你界診卡號碼我呀～

佢：我係阿乜（應該係小朋友）個媽咪呀！

我：有冇登記電話號碼畀我 Check 返？

佢：你 Check 啦。

點 Check 好呀 Baby ～有冇真人一對一教撳滑鼠仔呀？定我應該捉個精靈球大叫：爆出嚟啦！阿乜！你老母召喚你呀！

我：你可唔可以界多啲資料我 Check ？因為抗生素有好多種，我唔可以就咁答到你…不過藥上應該有 Label 清楚寫明一日食幾多次～

佢：我冇問題就唔打嚟啦。

咦，你又講得好有道理…你又真係好有問題～

佢：你畀我個仔支抗生素寫要食三日，依家食咗兩日就冇晒喇！

我：係咪一日一次，一次食 5ml 嗰隻？

佢：係呀！食兩日就冇晒喇！

我：但係支抗生素係有 15ml⋯⋯

佢：我係食得兩日就冇晒喇，見底喇！

我：係咪呢兩日都食多咗份量？

佢：我咁大個人知乜嘢叫 Overdose，點會拎我個仔條命較飛？我都讀唔少書㗎！

我：我唔係咁嘅意思⋯我係擔心有時睇漏眼食多咗啫～

佢：冇食多呀！食一匙吖嘛！我識睇㗎！

⋯⋯我哋隻匙 7.5ml 先係一匙⋯下一條刻線先係 5ml⋯⋯我唔多好意思講畀你知你今鋪真係迫自己個仔 Overdose⋯⋯

我：你係用我哋嗰隻匙嗎？

佢：唔通用屋企湯匙呀？

我：我哋嗰隻匙係 7.5ml 一匙，下一條線先係 5ml，所以係食不足一匙先啱⋯個匙有寫數字的⋯而我出藥時都有講斟到去乜位⋯⋯

佢：⋯⋯

足足一分鐘，佢 Load 足一分鐘⋯之後先收我線。呢一分鐘，你在想甚麼？ 4.5K

我讀好多書㗎！
點會令個仔 Overdose！

5ml
係唔夠一匙㗎！

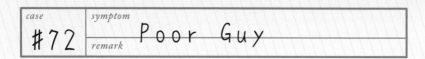

case	symptom	
#72	remark	Poor Guy

有日一個後生仔新症睇完醫生，拎藥畀錢～

佢：收唔收 Visa？

我：唔收卡呀，只收現金……

佢：AE 呢？

我：唔收呀～

佢：有乜收㗎？

我：現金呀……

佢哄埋嚟：我未出糧呀～

我：……

佢：我拎咗張假紙交畀公司先，藥可以擺喺度，過幾日出咗糧先返嚟拎呀？

我：全部放低…假紙冇得拎走～今日唔畀錢，當今日冇睇過……

佢：都睇咗我啦，我一定返嚟畀錢㗎，如果你唔畀張假紙我，我都唔畀錢，醫生都白做，少咗筆生意…

騙徒手法果然層出不窮呀，一不留神真係可能隻豬都畀人呃埋走呀！

我：醫生規定所有數要即日結，如果你今日冇錢畀嘅，你頭先應該一早講嘛，我哋呢度亦寫明只收現金～

佢：醫者父母心呢⋯⋯

我：醫生要食飯㗎嘛，上有高堂，下有妻兒⋯佢父母都一把年紀啦，你唔係諗住要佢哋食風嘛？

佢：⋯⋯

我：我都係打工嘅，等醫生出糧畀我嘅，你唔畀錢都直接影響到我㗎，你唔畀錢拎嘢走，我俾人扣人工㗎！

佢：⋯⋯

我：我一屋有老有嫩，成屋都唔做嘢嘅，淨係識得食廚瞓玩⋯平時教佢哋禮儀，佢哋都要周圍屙屎畀我嘆，真係得我一個搵食㗎咋⋯⋯

佢突然良心發現：嗯，我去撳機啦。

好衰嘅，一早畀咪好囉，係要人鬥慘⋯⋯ 👍 9K

——————— comments ———————

Susanna Shong
AE 明明都係卡嚟，咪話咗唔收卡囉⋯⋯

Carrie Tsang
佢都算係騙徒之中有良心嘅喇！

Wong Man Fung
要不是他賞面來看醫生，醫生早沒生意，要感恩！

case	symptom	貼身看護
#73	remark	

一位太太拎藥，我講解完啲藥係點食之後，執起啲藥諗住入袋～

太太：講完嘑？

我：哦？係呀～

太太：我都唔明點食～

我攤開啲藥：邊一隻唔明呀？

太太指住啲藥：係咪同步食？

我：全部都係四個鐘一次，可以一齊食㗎～

太太：咁頭先你又講有需要先食？

我：哦，呢隻係止痛退燒，你有痛有燒就可以加埋嚟食～

太太：咁可以同步食呀？

我：可以呀，加埋一齊食 OK 㗎～

太太：我而家冇發燒喎……

我：你有冇喉嚨痛骨痛呀？

太太：好似冇……

我：咁可以唔食呢包呀～

太太：哦……

我：仲有冇地方唔明？

太太：冇喇……

咁我又執起啲藥諗住入袋～

太太左手摸一摸自己嘅頸，問：我吞口水好似有啲痛……

我又拎返包止痛藥出嚟：咁食埋止痛啦～

太太指下啲藥：呢啲乜藥嚟㗎？你冇講嘅？

我；嗯…頭先講咗嘅，袋上都有寫住～呢包係收鼻水…呢包係……

我都未講完，太太就講：你講完我返到去都係唔記得！

我：唔使擔心，藥袋上有寫，你食之前睇下又或者有唔明嘅打返嚟診所呀～

佢：下下打電話好麻煩……

不如帶埋我返屋企照顧你呀？我 OK 㗎！如果你個仔係靚仔又未婚兼單身就更加好！

我：其實你一次過食晒得㗎喇～

太太數藥袋：一、二、三、四、五、六……六包咁多呀？食咁多西藥有害㗎喝……

我：…………

都係帶我返屋企啦！ ♥ 7.1K

case	symptom	霞姨
#74	remark	

一個男仔由一個朋友陪同一齊入到診所，睇醫生嘅係個男仔～個男仔同佢朋友一直坐喺度等睇醫生時都好安靜……

直到個男仔推門入診症室嗰下開始，佢開始瘋狂地咳…「咳，咳，咳，咳，咳，咳」嗰刻，我知道佢推嘅唔係一扇門咁簡單，而係佢身體已經由嗰下推門動作觸動咗「Action！」，進入咗無人之境嘅演戲狀態……

醫生：今日有乜唔舒服呀？

佢：咳，咳，咳，咳，咳，咳咗幾日啦！

醫生：夜晚瞓有冇咳？

佢：咳，咳，咳，咳，咳，咳到瞓唔到。

醫生：聽聽背呀～

佢：咳，咳，咳，咳，咳！

醫生：聽埋前面～

佢：咳，咳，咳，咳，咳！

醫生：嗯，畀啲咳藥水你。

佢：咳，咳，咳，咳，咳，我要假紙，咳，咳，咳，咳！

醫生：嗯，開今日畀你。

佢：咳，咳，咳，咳，咳，唔該醫生……

醫生：好啦，出去等拎藥啦！

佢：咳，咳，咳，咳，咳！

佢咳住咁去拉開隻門，一腳正在踏出診症室……

佢朋友坐喺度大聲講：嘩，咁快睇完嘅？

佢冇再咳：超，拎張假紙要幾耐呀？又唔係真係病！

「嘭！」診症室門關上…坐喺入面嘅醫生聽得一清二楚……

醫生：姑娘，同我嗌返頭先個病人入嚟！

導演都未嗌 Cut！你做乜咁唔專業呀？想食叉雞飯就醒神少少啦嘛！

我哋重頭嚟過呀！ Action！ 👍 8.8K

去第二間再嗌 Action 啦　# 記得未嗌 Cut 都要不停咳

———— comments ————

Eddie Ng
江湖潛規則，大家畀個面，套戲先有得做落去㗎，咁揚，你叫我哋點拆先？

case	symptom	
#75	HR	
	remark	

電話響起～

我：早晨乜乜診所～

對方係一位兄台：喂？姓乜嗰個西醫吖嘛？

我：係～有乜幫到你？

佢：我係 HR 嘅，打嚟想 Check 下有冇一個 XXX（人名）嚟睇過醫生！

我：先生，任何資料我都唔會講㗎～

佢：我係 HR 㗎！你張醫生紙寫住「To whom it may concern」㗎嘛，我咪係囉，我想 Check 佢係朝早定夜晚嚟！

我：如果你想知任何嘢，可以問你位員工或者叫佢授權畀你～

佢：我係 HR 嘅有權查佢哋張病假紙嘅真偽，我而家懷疑你張假紙係假嘅！

哦？係呀？咁你打嚟做乜呀？你係咪傻㗎？打去註冊西醫度話張假紙係假？

我：你有任何懷疑可以去報警嘅～

佢：我畀個機會你唔使搞到咁大，你話我知 XXX 有冇嚟睇過醫生得啦！係朝早定夜晚嚟？

我好想答你「搞啦，搞我啦，我鍾意搞到大一大呀」，不過又怕你以為我係變態……

我：你去報警啦，我乜都唔可以答你，喺電話度你我互不相識，你話你係 HR 啫，你話你係 CEO 都得啦……

佢：我打個電話嚟 Check 少少嘢，你都要複雜化件事！你係咪賣病假紙嗰啲診所？我今個月已經收到兩張你嘅病假紙！

哇，兩張呀，好多呀，嚇死人咩！

我：你可以嚟睇下……

佢：我打去告你濫發病假紙！

我：哦，好啦，拜拜！

兄台，將心比己，你都有機會小病啫，員工係公司嘅財產，冇好嘅體力又點為公司打拼呢？ 👍 8.8K

──── *comments* ────

> **Christina Tam**
> 其實啲 HR 係咪忘記咗自己都係打工呢？

> **胡嘉賢**
> 證明老細真的腦細。

175

case	symptom	
#76	remark	母愛

✎ 電話響起～～

我：早晨，乜乜診所。

對方係一位小姐，背景聲音好嘈，好多打麻雀碰撞洗牌嘅聲：喂？係咪乜醫生呀？

我：係呀，有乜幫到你？

佢：我想配藥㗎～

我：好～有冇覆診卡號碼？

佢：你冇畀我喎！

我：登記電話幾多號呢？

佢：XXXX - XXXX

我：邊位要配藥呢？

佢：我個仔 XXX！

我：係咪配返上一次嗰份藥？

佢：哦，係呀係呀！

我：冇問題，可以隨時嚟拎～

佢：上次啲藥係乜藥呀？

我：收鼻水，咳同止痛退燒的～

佢：有冇抗生素㗎？

我：冇呀～

佢：同我加支抗生素呀，要勁嘅！

…抗生素唔係維他命糖呀……

我：抗生素？醫生之前冇開過畀佢㗎，要嚟畀醫生睇下需唔需要食㗎～你帶佢嚟畀醫生睇下呀～

佢：我得閒帶佢嚟就唔使打嚟啦！我望咗佢喉嚨好紅好腫呀，你畀支勁嘅抗生素我得㗎喇～

我：上次啲藥可以配畀你，抗生素就唔得呀，一定要醫生睇咗先㗎～

佢：我平時都係咁打電話去配咋嘛，個個醫生都係咁開㗎喇！你同醫生講佢好紅好腫咪得囉！

我：我哋醫生唔會電話診症呀～

佢：平時個個都係咁開㗎喇，是但開支勁嘅就得啦，食一兩次咋嘛，冇事就唔食㗎喇，用嚟看門口啫！

我：抗生素要食晒成個療程㗎……

佢：好返就唔使食㗎喇！

我：…唔係咁㗎…如果你要配上次啲藥可以隨時嚟拎……

佢：抗生素呢？

我：親自嚟畀醫生睇下先⋯⋯

佢發嗨氣：唉！由9得我個仔死啦！麻9煩！

⋯嘟！ 👍 3.8K

──── comments ────

Connie Lai
佢以為街市買餸？

世上只有媽媽好

有日，一個姨姨喺醫生未返到嘅時候撞咗入嚟診所，我冇講錯你冇睇錯，的確係「撞」～爭啲玻璃門都爆……

我：登記睇醫生嗎？

佢：姑娘可唔可以畀我入房先？借個位畀我呀！

我：有乜事呀？

佢：我一個人做唔到，你跟我入房幫手呀！

我：醫生未返嚟，唔喺房度，你要睇醫生嘅等等呀！

佢：唔使醫生呀，你幫幫手得唔得呀？

我：醫生唔喺度，我哋唔畀人入房㗎，你做乜事咁急要入去？

佢：我漏低咗啲嘢喺入面呀！

我：哦？喺醫生房度？係乜嚟㗎？我幫你搵搵呀～

姨姨翻一翻白眼…我打咗個冷震……

佢：阿妹你係咪玩我呀？

我：吓？唔係呀，我入去幫你搵嘛……

佢：我話漏咗喺我入面呀！

呀！師傅明白了！你早講嘛～原來係內藏暗器！

我：呢啲你搵婦科醫生做好啲呀，或者急症啦……

佢：我照鏡見到個套嘅橡筋頭喺入面㗎，你有冇眉鉗？

我：……冇。

佢：你幫我搵啲嘢夾佢出嚟得㗎喇，你搵啲夾到嘢嘅夾呀！

……你做乜望住我包嗰日夾返嚟嘅軟糖個贈品膠夾？嗰個係我用嚟夾糖畀自己食㗎！喂！你諗都唔好諗呀！唔畀諗呀！唔准諗呀！

我把口唔知點解突然真心了：唔得呀！個夾食糖㗎！

姨姨呆咗：你講乜呀？

我：呀～我叫你去搵返婦科好…我哋醫生冇工具幫到你～要唔要醫生轉介你去？

佢：我住附近，諗住費事煩到我阿媽先搵你幫手啫，我真係見到喺門口係自己拎唔返出嚟啫！

我：唔好意思，醫生未返我都唔可以幫到你做啲乜……

佢：你當幫朋友得唔得？

我：實不相瞞…我都未試過幫朋友呢啲……

佢：你即係迫我返去煩我阿媽啫？

希望你媽媽夠眼力啦，如果唔係夾咗第二啲位都應該幾痛……

我：我都係建議你搵婦科醫生嘅～

佢頭也不回咁衝走了，媽媽，你要放大鏡嗎？ ♥ 6.2K

case	symptom	天眼通
#78	remark	

「你睇唔睇到係啲乜嚟呀？」，電話另一邊的小姐問。

Of course yes la！I can see la！See food呀！我講我望到自己枱面上包媽咪麵……

我：我哋喺唔同嘅地域空間，我又未開天眼，真係睇唔到你嗰邊有啲乜……

佢：你覺得你自己好有趣呀？無聊！

我其實今日好得閒又有啲悶，多謝你打嚟陪我傾計：生活中係好多無聊事……

佢：你叫醫生睇下我生咗啲乜啦，一撻撻㗎！唔痕唔痛，噚日有痛，今日唔痛，係有啲痛！

我：你嚟畀醫生睇下啦～

佢：我形容得唔夠咩？你唔知係乜嚟咩？

我知，又唔痛又突然痛又好似痛又好似唔痛嘅一撻嘢嘛，我真係知係乜㗎，你信我啦，我哋唔好分手啦，我真係知你講乜㗎，就算全世界都唔明白你，我都會明白你理解你㗎，你唔好收線啦，陪多我一陣啦～

我：我知，我明，一撻嘢吖嘛，不過嗰撻嘢都係要畀醫生睇呀。

佢：你問下醫生會唔會惹人呀？我早幾年見我姑媽都有生撻咁嘅

嘢，唔知係咪佢惹畀我？

…醞釀咗足足幾年，一定好醇，一定係靚嘢！

我：你嚟畀醫生睇啦，我哋醫生未開天眼呀，佢得兩隻眼咋，嗰兩隻眼仲要戴副眼鏡先睇得清楚…有啲退化㗎喇～真係唔好意思～

佢：…我係咪打錯電話呀？

我：何以見得？

佢：診所嚟㗎可？

我：當然！

佢：咁唔專業嘅？

我：因為我並不專業。專業嗰位，係醫生，佢從來唔聽電話～

佢：仆街！

嘟……

喂呀！我唔要分手呀！你做乜 Cut 我線呀？最多我入古洞修煉開天眼呀？ 👍 6.5K

case #79	symptom	老寶！開飯呀
	remark	

有日一個爸爸抱住一個 BB 到診所～

爸爸：姑娘，呢度睇唔睇 BB 㗎？

我：睇呀～登記先呀～

爸爸：唔係要去兒科㗎？醫生識唔識睇㗎？

咁你又入嚟？你唔直接去兒科嘅？

我：BB 乜事要睇醫生呀？

爸爸：佢成日喊⋯⋯

我：⋯⋯佢而家冇喊，好乖呀！

爸爸：瞓咗梗係唔喊啦！一擘大眼又喊㗎喇！

我：咁除咗喊，仲有冇其他唔舒服呀？好似流鼻水呀，咳嗰啲呢？

爸爸：咁細個邊會流鼻水㗎！佢淨係日喊夜喊咋！

⋯雖然我未湊過 B，不過我又覺得 BB 喊都應該係正常～又又又不過⋯我唔係醫生嘛！

我：畀醫生睇睇先啦～

爸爸：醫生識唔識睇㗎？佢得唔得㗎？

我答你唔得嘅話，你會唔會唱我？

我：呀…可以睇咗先啦～

爸爸：咁細個成日喊係咪有問題㗎？

我：佢喊好耐咩？

爸爸：一瞓醒就喊十幾分鐘㗎喇！

我：係咪肚餓或者想換片咋？

爸爸：點會成日肚餓呀？肚餓都唔會喊啦！出聲㗎嘛！

你見唔見到？你見唔見到？你見唔見到？我個嘴 OOOOOOOOO 晒呀～阿 B 唔用「喊」話你知佢肚餓，唔通同你講「唔好意思，老竇，我見有啲餓，你可唔可以上菜先？我要支八二年嘅有機母乳，Thanks！」？

我：BB 係得喊可以表達呀……

爸爸：一定要喊到人心都煩埋㗎咩？

我：佢要喊先引到你注意嘛…你有冇定時餵奶呀？

爸爸：我自己都三餐唔定時啦，點定時餵佢呀？有冇安眠藥畀佢食，等佢可以瞓多啲㗎？

我冇再出聲，立即同佢登記，等醫生教育下佢～呼～～好危險好

危險好危險好危險～好彩佢肯帶 BB 嚟睇醫生咋！

老竇，肯上菜未呀？ 👍 11K

陰公～

整返支
82 年母乳先～

comments

Suki Chow
佢以為自己養緊「他媽哥池」……

Cecilia Pan Da Leaf
真係應該立法考咗牌先可以做「父母」囉唔該！

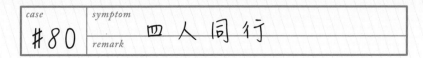

case	symptom	四 人 同 行
#80	remark	

有日，一行四人浩浩蕩蕩咁入到診所，一位小姐手持醫療卡登記後……

四人齊齊坐低，到嗌小姐名時，其餘三人又齊齊逼入醫生房，乜咁多跟班呀小姐？

醫生同小姐睇完之後，醫生：得㗎喇，可以出去坐坐等攞藥～

小姐：醫生，可唔可以順便睇埋佢哋？

醫生：嗯？

小姐：你照用我張醫療卡呀～

醫生：姑娘有冇同你哋登記？

小姐：唔使呀，佢（友人Ａ）就有啲咳，佢（友人Ｂ）都有啲咳，佢（友人Ｃ）係不停流鼻水～

醫生：你哋出返去俾姑娘登記先呀，逐個逐個睇……

小姐：都入咗嚟，順便每人開啲藥啦，喺我張卡度扣得㗎喇，頭先簽嗰張唔夠嘅，我簽多張都得…不過最好一張夠啦，一人畀一日藥都得嘅……

醫生：我問問姑娘你張醫療卡可唔可以咁用先？

醫生「叮」姑娘入房，此時大家姐入去了……

醫生：呢位小姐想用佢張醫療卡幫佢啲朋友畀埋診金，佢張卡可唔可以咁用？

由醫生講返出嚟嘅大家姐表情，係分幾個層次嘅，先由目無表情到面如死灰，再由青筋暴現到反晒白眼⋯⋯

大家姐聲音顫抖：呢層仲使問？

繼而爆發：你去食 Buffet 係咪一個人價錢幾個人去食呀？咁都要問㗎咩？咁大個人知唔知乜叫肉酸呀？睇你哋一個二個拎住個名牌袋，唔係窮吖？著數就要拎到盡嘅？

小姐同友人們不敵大家姐嘅連珠炮發，急急腳逃離現場⋯⋯拎名牌都可以好貪窮嘅，就係因為拎晒啲錢買名牌咋嘛。 🤍 5.7K

不能填寫的母子

有日一個媽媽同個成年仔仔嚟睇醫生～

媽：登記呀。

仔：哦，登記呀。

我：嗯，睇過未㗎？

媽：好似睇過。

仔：哦，睇過。

我：畀登記時嘅電話號碼我 Check 下呀～

媽望住仔：你登記邊個 Number 呀？

仔望住媽：唔記得喇！

媽望住我：唔記得喎，當新症得唔得呀？

我：一係畀身份證號碼我 Check 呀？

媽望住仔：身份證呀！

仔望住媽：冇帶！

媽望住我：冇帶喎，重新登記過得唔得呀？

其實…我聽到你哋講嘅嘢，又唔使句句重複嘅～

我：我唔係要身份證呀～講個 Number 畀我得㗎喇～

媽：乜 Number 呀？電話？咪話咗唔記得囉！

仔：身份證 Number 呀？

我：……係呀。

仔望住媽：身份證 C 幾多呀？

媽望住仔：我嗰個呀？ C……哎，點記得啫…我拎身份證睇下先……

我望住佢兩個爭啲想噴火燒到佢哋變粟一燒：**邊個睇就要邊個嘅身份證號碼……**

媽望住仔：要你嗰個呀！問我嗰個做乜啫！

仔望住媽：我問你我身份證幾多號呀！

媽望住仔：點知啫！我自己嗰個都唔記得啦！

兩個望住我，我：一係你寫中英文名畀我，我再 Check 啦……

仔用眼神凌空睥枝筆，再望下阿媽：你寫呀！

媽又將仔嘅眼神用眼神閘住，望住阿仔：我俾書教學咁多年，你字都唔識寫呀？

仔：唔識。

媽：我邊識寫呀？

唔好寫啦！唔好寫啦！唔好寫啦！唔好寫啦！唔好寫啦！唔好寫啦！唔好寫啦！唔好寫啦！唔好寫啦！唔好寫啦！唔好寫啦！唔好寫啦！唔好寫啦！兩個拗飽佢啦！做粟一燒啦！

我：算啦，當冇睇過啦好冇？重新登記過啦好冇？

媽：一早咁咪好囉，嘥晒啲口水！

我都費事睬你：嗯，表格上填中英文名、出生年月日、身份證號碼、地址同電話～

你夫飲多幾 L 水啦！咁填法，多多口水要你嘅呀阿媽！

媽：喂！填嘢呀！

仔：呀！嗌你填少少嘢阿吱阿咗！

媽：而家你睇醫生定我睇醫生呀！

媽：你個名英文係乜呀？講慢啲啦！R 點寫呀？多多聲氣！你寫啦！

媽：今日幾多號呀？乜話？寫出生日期咩？唔係寫今日日期咩？唉，咁鬼煩㗎！

…

…

…（已不能盡錄）

佢唔想睇醫生咪由鬼得佢囉！同我拖佢出去！兩個呀！唔好漏低個阿媽畀我呀大佬～～ 👍 5.5K

case	symptom	我係唔講你咬我呀
#82	remark	

一對情侶嚟睇醫生，個女仔入去診症室，個男嘅就坐喺出面等～
到女仔睇完出嚟，男的問女：醫生話你乜事呀？

女低頭篤電話，冇任何反應。

男的再問：醫生話你乜事呀？

女：我唔講你知呀！你會鬧我嘅～～～

男：即係乜事呀？

女：唔講呀～

男：講啦～唔鬧你呀！

女：你會鬧嘅！

男：講啦，我真係唔鬧你！

女：你一定鬧我嘅～唔講呀～

就係咁我唔鬧呀，你鬧我嘅，我唔鬧呀，你鬧我嘅，我唔鬧呀，
你鬧我嘅，我唔鬧呀，你鬧我嘅，煩到我爭啲想拎把生果刀出嚟
講：唔好用把口齋講啦，一人隊一刀互相增進下感情啦！

到個女仔拎藥，男嘅一直望住啲藥，一路聽住我講啲藥點食…到
我講完，男問我：姑娘，佢乜事呀？

我唔想做夾心榛子醬：…吓？你問返小姐啦……

女：我唔講呀，你鬧我嘅！

男：姑娘，佢有乜病唔講得咁大鑊呀？

女：咦呀，唔好講呀唔好講呀，佢會鬧我㗎！

…即係咁，你哋喺荷爾蒙失調嘅人面前耍花槍，有冇理過我感受？

我：你自己問返小姐啦～

女：唔好問我呀，我唔會講呀，你一定鬧我嘅……

男：我唔鬧呀，你講啦！姑娘，你講呀！

女：唔好講呀，唔好講畀佢知呀～

我都費事畀反應：嗯，得㗎喇，收咗錢㗎喇，可以走㗎喇……

女：姑娘，佢問你乜，你都唔好答呀！

我：嗯……

男：唔係生 Cancer 呀？

先生，睇你一表人才咁嘅樣，應該讀唔少書，滿肚子都係滾到瀉嘅墨水吧？不如自己睇下藥袋上面寫乜，斷估唔會收鼻水藥醫癌症嘅…定係你認為佢表面係一粒收鼻水藥，內裡其實係一粒古惑的標靶藥？

哎哎哎～～耶～～～～～～～唔好鬧人啦～ 👍 5.4K

case	symptom	
#83	remark	母女

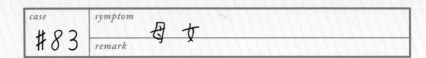

有日一對母女嚟到診所登記～

我：醫生 10 點左右返，你排第六個，可以出去食啲嘢先返嚟呀～

佢哋不為所動，仍然企咗喺登記處前……

我：醫生 10 點先返呀，你哋可以坐低等或者出去食個早餐先返～

媽：喺度等得唔得？

我：可以呀，坐低等冇問題呀～

佢哋分開一頭一尾咁坐，好明顯…今日佢哋應該係鬧緊交～？定係有獨特嘅親子相處方法？

等咗 10 分鐘左右，囡囡坐咗喺度瞓著咗，媽媽企喺身問我：醫生係咪睇緊症？我哋等咗好耐……

我：唔係呀，頭先我有講到醫生 10 點左右返呀，而家醫生唔喺度呀！

媽又坐低：吓……

等多 5 分鐘……

媽：10 點喇，醫生喺度未？

囡囡醒了兼大聲喝佢阿媽：問夠未呀？嘈住我瞓呀！

講完呢句，囡囡又閉目養神……

媽反駁：我好想同你喺度等呀？

媽媽坐低後，應該係越諗越氣頂，谷到面都半紅半綠，憤然起身推門離開診所……

囡囡又擘大眼，問我：頭先坐喺度個女人喺邊呀？

我：行咗出去……

囡：去邊呀？

我：唔知…佢冇講低……

囡：佢走咗，邊個畀錢呀？

我畀呀？喂呀，你哋兩個鬧交唔好搵我做磨心好冇呀？

囡：我冇錢畀㗎喎，係咪照睇呀？睇完我冇錢畀㗎，要錢問我老母攞！

呢個時候，我聽到佢老…佢媽喺診所外講嘢，不過聽唔清楚講乜…直到佢拉門入到診所，我聽得好清楚…睇都好清楚……

媽：我捉咗醫生返嚟喇！有得睇喇！唔使等喇！

我眼前嘅醫生，俾媽捉住手臂，喺度苦笑…真係…好似俾食人族捉住嘅美食…Sorry，醫生，我救你唔到了！你想做燒賣定叉包？

 4.3K

———— comments ————

Walters Holmes
是咪用精靈球？

Nicole Yuen
後門的重要性。

Peter Chan
這是母愛。

Susanne Chu
醫生企出姑娘嗰條防線外就變得好脆弱。

珍寶豬
平時我哋食哂嘛……

<table>
<tr><td>case
#84</td><td>symptom
remark</td><td>疫苗</td></tr>
</table>

電話響起～對方：喂？診所呀？

我：係呀，有乜幫到你？

佢：係咪有禽流感針打呀？

我：流感疫苗呀？有呀～

佢：我可唔可以訂定？

我：你想要幾多？

佢：三十個人呀。

我：你哋會幾時嚟打？

佢：醫生幾時得閒呀？

我：你喺應診時間嚟到診所就得㗎喇～

佢：要我哋去診所呀？

…好奇呀？我哋診所嚟㗎嘛？唔嗌你去診所，唔通去廁所呀？

我：係呀，醫生喺診所㗎嘛……

佢：我哋三十幾人打，你哋有冇咁大地方呀？

我：咁…唔係一次過入晒三十個人嘛…分開逐個打逐個入去見醫生嘅～

佢：叫醫生去深圳同我打啦！我訂咁多，咁多人去香港都煩，你去深圳呀！

我：醫生唔會去呀，你哋要親自過嚟～

佢：我拎走啲針得唔得？我哋自己搵人打，你咪繼續收我原價囉！

我：唔係錢嘅問題～你哋要打就親自嚟啦，疫苗都冇得拎走嘅～

佢：呢樣又唔得，嗰樣又唔得，學下中國人咁識變通啦！我都係香港人，行個方便唔得咩？

我：為咗你哋，我都係建議你哋到診所～

……嘟！

我哋唔識變通都好似係一個保障……不過或多或少，本地醫生都希望留疫苗畀香港人的～如果連疫苗都可以畀你哋走水貨，咁真係太離譜喇！ ♥ 4.8K

你哋香港人
變通吓啦！

要打針
就嚟診所打！

有日有位小姐同位婆婆嚟到診所～

小姐：你呢度係咪有長者優惠？

我：係呀，夠六十五歲就會平啲～

小姐同婆婆講：阿媽，畀身份證佢呀！

小姐望住我：喂，身份證係咪直接做埋畀錢㗎？

…吓？乜原來得㗎？等我去地產舖 Show 下 ID card 先！咁就解決晒所有土地問題啦！發達喇！

我：身份證還身份證…睇醫生都係要畀錢嘅，我哋只收現金呀～

小姐：佢張身份證當錢用㗎嘛！

我：你係咪講醫療券呀……

小姐：唔知你講乜券呀，我冇啲乜嘢券喺手㗎！人哋話間間診所都係畀張身份證就可以當錢使！

我：唔好意思…嗰啲係醫療券，你要去有「醫療券」貼紙嘅診所先用得㗎！或者你可以上網睇咗邊間診所可以用先～

小姐：人哋話間間診所都有㗎！你呢度係咪診所呀？

Surprise！我呢間唔係診所呀！驚喜冇？門口嗰邊，麻煩自便～

我：你係想用醫療券嘅話，去啲門口有貼醫療券字嘅診所睇呀，呢度睇嘅話就要畀現金嘅～

小姐：間間診所都用得㗎喎！你係咪新嚟㗎！懵下懵下乜都唔知咁，搵個話得事嘅同我講啦！

我行入醫生房：醫生，有人搵你～

醫生：我？

我：你最話得事吖嘛？有個靚女話要搵最高權威！

醫生：哦……

醫生出去後，醫生：有乜事呢？

小姐：嗰個阿姐話我阿媽張身份證唔可以當錢使，講嚟講去都叫我去第二間診所睇！呢度唔係診所咩下？

醫生：哦，我冇申請用醫療券，你去第二間啦。

小姐：吓？

醫生擰轉面行返入醫生房，留低 O 咗嘴嘅小姐……

小姐回神後，碌大對眼望住我：乜呀？呢度乜事呀？佢話得事㗎喇？乜水呀佢？

我：醫生。

小姐：黐線！阿媽走啦！唔使錢都唔睇佢呀！

醫生聽到佢哋走咗之後，行出嚟：寶豬……

我：嗯？乜事？

醫生：你以後唔好再用「靚女」引我出嚟……

我：吓……哦…對…唔…住……

呢啲嘢好主觀嘅……  11K

我以為會有靚女嚟嘛！

冇下次喇……

case	symptom	塞屁屁
#86	remark	

✎ 電話響起～

佢：我可唔可以請教下你？

哎呀！十個有十個咁嘅開場白都一定領嘢！請乜教呀～我又唔識打詠春～

我：…有乜事呢？

佢：我好似自己塞住咗！

塞前定塞後？塞耳屎定鼻屎？

我：…你嚟畀醫生睇下啦，隔住個電話我幫唔到你……

佢：我請教下啫，有唔妥我會睇醫生！

我：我唔係醫生，冇嘢可以教到你答到你幫到你呀……

佢：請教下啫，你聽下先啦！

嗚…你哋真係好衰衰，成日都迫人聽…我明明係蕃薯一件，乜都唔識，你哋就假設我係百科全書～到我答唔到，你就轉身射個三分波開火槍斃我……

我：⋯⋯

佢：我下面好似塞住咗，谷住谷住，有冇方法可以唔谷？

我：⋯屙茄啦⋯嚟睇醫生，醫生幫到你⋯⋯

佢：唔係嗰隻塞呀⋯係⋯

我唔想聽我唔想聽！我唔想聽我唔要聽呀！！！

佢：係⋯我塞咗嘢入去，拎唔返出嚟⋯⋯

我：⋯⋯

佢：我去廁所嘅話，可唔可以推返佢出嚟？有冇急切性嘅問題存在？

我：我建議你去急症⋯⋯

佢：冇得推返佢出嚟？

我：你去睇醫生啦～

佢：吸佢出嚟得唔得？

我感到大驚，係好 L 驚，點吸呀？用吸塵機呀？喺個屎眼門口吸定塞條喉入屎眼吸呀？塞幾多入去好呀？媽呀！好恐怖呀！

我：How⋯⋯

佢：用磁石吸唔吸到？

我：你都係去搵專業嘅幫你啦，你唔好再亂咁放嘢入去喇……

一陣變咗叮噹百寶袋就唔好啦？

佢：件嘢唔係好大件㗎咋，我屙嗰時有冇機會推得郁？

我：假設性問題好難答到你，我仍然覺得搵專業嘅好……

佢：好啦，唔該晒你，你知唔知醫生係逐次收費定逐件計？

我：應該係逐次診症收嘅……

佢：唔該你，拜拜～

我：拜…拜……

真係諗住變百寶袋呀？ 4K

comments

Natalie Wong
逐件計？佢塞咗啲咩落去？咁多嘅？

Ar Ki
可能跳一跳有雞髀跌出嚟……

Chloe Ho
屋企唔夠大無地方擺嘢？用屎眼迷你倉啦～

Keifung Won g
叫醫生用口吸出嚟……

Chan Leung Man
人哋打電話嚟投稿咋嘛？

Joey Lui
唉…佢有無諗過屎忽窿嘅感受呢……

To Thomas
一百四十四隻麻雀連枱櫈全套。

case	symptom	藥袋
#87	remark	

一位女士嬲爆爆衝到診所,門都爭啲俾佢啲火撞爛,佢「嘭」一聲將藥袋拍到登記枱面上……

你隻手痛唔痛呀?發脾氣還發脾氣,唔好整親自己嘛……

我:小姐,請問有乜事?

佢嬲到爆:你自己睇!

我拎啲藥睇,咦,點解一個小藥丸袋入面咁多色彩繽紛嘅藥丸嘅?點解全部塞晒入一個小藥丸袋度㗎?開會呀?

我:咦?我哋出藥唔係咁㗎,係分開一袋袋嘅,其他袋仔呢?

佢:我拎到嗰陣就係咁!你叫我點食呀?

我:我哋嘥日出藥嗰時一定唔係咁畀你嘅,你拎藥嗰時見到係咁都會即刻講啦…係咪?

佢:我唔知你哋點做嘢!藥唔係我拎嘅!我今日一拎出嚟啲藥就係咁!你叫我點食呀?一次過食晒呀?你食畀我睇呀!你食呀!

壞壞的~係咁迫人食嘢嘅~我食到嘔白泡反白眼,你會開心啲咩?我食雙層芝士漢堡畀你睇得唔得?照一邊食一邊反白眼,收唔收貨呀導演?

我：大家係咪當中有啲乜誤會呢…始終我哋唔會咁出藥……

佢：咁唔通我特登整埋一袋屈你呀？

我：我唔係咁嘅意思，始終你唔係第一個接觸到袋藥嘅，係咪中間有其他人唔小心整到…不過都唔緊要嘅，我哋可以換返啲藥畀你……

佢：我老公攞藥㗎！得我老公掂過袋藥！

我邊講邊收起啲藥準備換藥：咁會唔會係先生……

時間啱啱好，佢老公隔咗一陣就推門入診所：得未呀老婆？搞咩搞咁耐？

佢問老公：噚日啲藥係咪一袋過畀你？你拎藥嗰時唔知㗎咩？

老公：乜嘢一袋過？

佢：全部藥放晒喺一個藥袋度呀！撈埋晒一齊呀！

老公：哦？唔係呀？我倒埋佢哋一齊嘅！

佢：…點解？

點乜解呀？解乜點呀？乜點解呀？戇居囉！

嗱，今鋪我都爭你唔落啦，你等住返屋企俾大女皇倒吊你上天花板七七四十九日啦！

老公：啲袋仔幾啱放魚糧嘛～

哈哈哈哈哈哈哈哈哈哈哈哈哈哈哈哈哈哈哈哈哈哈哈哈哈哈哈，
我成個腦充斥住好多個陳百祥講：呢鑊你仲唔冚家剷？  4.2K

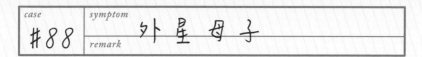

有日有位病人患上了腸胃炎～

拎完藥之後，佢問：要唔要戒口㗎？

我：油膩嘢唔好食住喇，奶茶咖啡有奶嘅都唔好飲～

佢：維他奶呢？

我：……有奶呀。（豆奶）

佢：哦……

佢：十字牌呢？

我：係奶呀……

佢：嗯…明白……

佢：我可以食啲乜呀？

我：清淡啲，唔好食油膩嘢就得～

佢：我阿媽煮嘅飯食唔食得？

我：你媽媽可以煮清淡啲嘅畀你食……

佢：你等等。

佢拎起電話，打畀媽媽：喂？阿媽呀？姑娘叫我食得清淡啲呀，你等等呀！我畀佢同你講呀！

佢就咁隊部電話畀我，我：喂，你好……

媽媽：你同我個仔講過啲乜呀？

我：Err…佢就腸胃炎，最好食清淡啲嘅嘢……

媽媽：你打畀我做乜呀？關我乜事呀？係我搞到佢腸胃炎呀？

……冤枉呀包大人，我乜都冇做過冇講過你是非呀～

我：太太你冷靜啲先呀，我唔係話你，都唔係我打畀你……

媽媽：咁你同我講嚟做乜呀？你以為你係邊個呀？佢腸胃炎關我事咩？

我畀返部電話佢個仔，我：先生，你媽好激動……

佢：喂？阿媽？你做乜呀？姑娘想叫你唔好煮肥膩嘢畀我食咋嘛，食到我腸胃炎呀！

…你兩母子係咪上天派你嚟毀滅地球㗎？ 👍 9K

我畀佢
同你講啦！

你打畀我
做乜呀！

你兩個快啲返火星啦！

---
comments

Fanny Tung
係上天派佢哋兩個嚟玩你。

Brian Le
有奇子必有奇母～～～

case	symptom	
#89	remark	黑雨

返工中途先嚟黑雨真係人都灰～最灰嘅事，係仲要應付響唔停嘅電話……

對方係一位女仕：喂？

我：早晨，乜乜診所～

佢：診所呀？姓乜嗰間呀？

我：係呀～有乜幫到你？

佢：黑雨喎，會唔會收工？

我：照常應診時間～

佢：醫生唔會早走？

我：唔會呀～

佢：黑雨唔係要早走㗎咩？

我：係留喺安全地方……

佢：哦，我而家喺屋企呀！

咁點呀？咁點呀？咁點呀？

我：睇醫生嘅喺應診時間內到就得㗎喇，拜拜～

佢：喂？喂？

我：仲有乜幫到你呢？

佢：你知唔知有冇地鐵？

我：地鐵打風都唔停駛嘅⋯⋯

佢：咁乜乜乜號巴士呢？

我：⋯⋯

佢：我怕黑雨走嚟睇會危險，診所有冇保險㗎？

我：有保險～

佢：咁我有乜意外係咪都受保？

我：⋯⋯

醫生，我覺得診所真係好唔安全，可唔可以放我走呀？ 5.7K

─────── comments ───────

Crystal Yuen
其實地球都好危險，叫佢返火星啦。

Gloria Lee
佢黑雨無得出街搵人傾吓計啫。

珍寶豬
談心要逐秒收費㗎～

Wai Ka
將打去保險問嘅嘢打去診所問，有創意。

case	symptom	食蕉
#90	remark	

電話響起，我：你好，乜乜診所～

對方係一位女士：你好呀！

我：係…你好，有乜幫到你？

佢：哎…你好……

我：係，我聽到～請講～

佢：嗯…我唔知點開口好……

正呀喂！既然唔知，不如我哋當大家喺呢個交叉時空相遇過？收線後，你有你，我有我……

我：一係諗到再打嚟？

佢：我組織好喇，你畀啲時間我～

我：好……

一，二，三，四，五，六，七，八，九，十，十一，十二，十三，十四，十五，十六，十七，十八，十九，二十，二十一，二十二，二十三，二十四，二十五，二十六，二十七，二十八，二十九，三十……

Hey，Baby，如果我逐秒收費的話，你已經白白燒咗幾張銀紙……

我：不如你都係組織好想問乜先再打嚟，我都仲要做其他嘢……

佢：嗯…我頭先將條蕉塞入喉嚨……

我：係，繼續講呀！

佢：我唔知係咪刮到喉嚨，而家喉嚨好羔好熱？

我：食蕉啫，蕉咁軟身，應該冇事嘅，你擔心都可以嚟畀醫生睇睇嘅～

佢：我唔係食，係吞！

「吞」同「食」有乜分別？

我：吞咗冇卡住就冇事啦！

佢：我冇剝蕉皮，就咁塞入喉嚨，諗住練習……

好彩我平時接收唔少性知識啫！我知道你練習乜！冇錯！就係包你反芻之「深喉」！乜叫深喉，自己 Google 啦，或者問你身邊嘅相熟男性朋友，千其唔好問你老竇，俾人打到甩骨唔好搵我～

我：嗯…明白…你一係嚟畀醫生睇睇～

佢：你哋醫生係男定女？

我：男的～

佢：佢…知唔知我點解整到喉嚨㗎？

我：必須要知，如果唔係點診症？

佢：醫生…唔會諗錯隔籬㗎可？

我：醫生係專業的！

佢：係咪有姑娘喺隔籬陪診？

我：有姑娘跟症的～

佢：你哋唔會叫我示範㗎可？

…小姐，你睇 AV 睇上腦了吧？唔通個個仆街擦損，我哋都叫佢仆多次街咩？幾十歲人唔好咁多性幻想啦～

我：唔會……

佢：咁我一陣試埋用冰，唔得先搵醫生呀，得唔得呀？

我：你自己決定呀，你真係見唔妥可以畀醫生望望～

佢：好啦，姑娘，唔該你，同有經驗嘅人傾真係唔同啲，拜！

嘟……

喂！咪走呀你！講清楚好喎！乜嘢經驗呀？係咪診所助理經驗？一定係！肯定係！❤ 1.9K

#91-95

診所低能奇觀3

FUNNY + CLINIC

*溫馨系列

case	symptom	獨一無二
#91	remark	★ 溫馨系列一

♡ 有日候診大堂坐滿咗人，當中有一位係有兔唇嘅後生仔～

有個同媽媽一齊嚟嘅小朋友望咗呢個後生仔好耐，終於按捺不住佢嘅好奇心問媽媽：媽咪，點解哥哥個嘴咁嘅？

大堂內嘅視線全部都移向後生仔度，佢顯得好尷尬好無奈，只低頭不語……

小朋友個媽媽拎咗個小鏡盒出嚟：你望下你自己個樣～

小朋友照照鏡，媽媽再講：你望下媽媽個樣～

小朋友又望望媽媽～

媽媽就問小朋友：我同你似唔似樣？

小朋友笑：唔似～

媽媽再問：你同呢度啲哥哥姐姐似唔似樣？

小朋友笑：唔似～

媽媽好溫柔咁講：係囉，我哋個個嘅樣都唔同，個個都獨一無二㗎嘛～你點解見到個唔似自己嘅哥哥會覺得奇怪呀？

小朋友笑住扭身：嘻嘻，唔知呀～

媽媽：你會唔會以後見到同自己唔似樣嘅人再問點解呀？

小朋友舉起手好大聲咁答：唔會！我係獨一無二嘅！

小朋友都識，點解你唔識？  17K

大家都係特別嘅！

--- comments ---

吳逢鈿
好的教育會決定一個小朋友長大
後成為一個甚麼樣的人。

case	symptom	
#92	逆向思維	
	remark	★溫馨系列二

♡ 診所中，有一位需定時定候覆診嘅太太非常友善～每次自己一個嚟到診所都笑容滿面同我哋打招呼，好似一個冇煩惱，人生充滿甜事樂事嘅人咁……

有一段時間，太太好耐都冇嚟，我哋打過電話去佢手提都冇人接～

有日，一位先生推住輪椅到診所…輪椅上的正正係太太，雖然面容消瘦咗好多好多，但佢仍然係笑容滿面咁打招呼：姑娘！我返嚟喇！好耐冇見喇！

我同事：咁耐冇見，你去咗邊呀？

太太：糖尿囉！哎，少少嘢咁就冇咗隻腳喇！搞到而家咁喇！

我同事面色一沉，唔知畀乜反應好，嗰時我係新丁更加唔知點好，呢啲情況真係好心酸，但又唔知點安慰人…又怕自己講錯嘢刺激到人……

太太見到氣氛有啲怪，拍一拍自己大腿：剩返呢一隻，我會錫住佢㗎喇～

之後佢抬高頭望住先生：以前我行得走得，佢都冇陪住我～而家我坐咗喺度，佢就日日陪住我，而家我喺呢個角度睇佢幾咁高大威猛呀！以前唔覺㗎！

先生同太太相視而笑。

祝福你哋永遠甜蜜。 👍 17K

―――――― comments ――――――

Gary Leung
無了一隻，但多了一雙。

珍寶豬
我願做你的雙腿～

Connie Lam
無論生活順境與逆境，你與我不離不棄！
這句結婚誓言，有多少人真正做到！

Ben Wong
女人大概都係鍾意愛人長伴左右。

Winghung Lam
一念天堂，一念地獄，轉個
角度，壞事都可以無大不了。

case	symptom	
#93	十指緊扣	
	remark	★ 溫馨系列三

喺我初入職時，同事提醒我久唔久就會有一對母女到診所求醫，而佢哋都唔可以正確咁講到自己嘅名或覆診卡號，因為年紀稍大嘅媽媽一早已經有啲老人病，而女兒…係智力障礙的，保持喺約十歲嘅階段。

有日朝早，一個滿頭白髮嘅老婆婆企喺診所門外等開門～

我：婆婆，醫生冇咁早返到呀，你要唔要食個早餐先再過嚟呀？

老婆婆冇回應我，望向另一邊，大嗌：喂，女呀！唔好玩喇，開門喇，返嚟啦！

我望向老婆婆望嘅方向，見到一個同樣滿頭白髮嘅婆婆行得唔太穩咁急步走過嚟～

老婆婆伸手揚揚手指示意拖住，佢倆就十指緊扣一齊行入診所…

我：婆婆，你哋有冇覆診卡呀？

佢哋冇理到我，老婆婆只顧住同玩到大汗疊細汗嘅女抹去面上嘅汗珠～

嗰刻，我知道佢哋應該係同事提過嘅嗰對母女。我去翻查排版並問阿女：妹妹，你係咪 XXX 呀？

佢臉上掛住小孩般嘅笑容，雙眼都擠成一條線，說話有啲含糊不清：係呀～

我望住老婆婆講：婆婆呀，醫生冇咁快返㗎，我同你哋登記咗㗎啦，你哋要唔要去食早餐先？

老婆婆大概聽唔到我講嘢，只係低頭一手十指緊扣，一手來回撫摸女兒嘅手～

等呀等，等呀等，醫生返嚟了～老婆婆拖住女兒跟住醫生入診症室，醫生一邊穿上醫生袍，一邊問：婆婆，今日點呀？邊度唔舒服呀？

老婆婆：我想同個女申請入院舍，佢哋話要註冊醫生填呢份表～

醫生：係呀，你終於肯畀佢入院舍啦？

老婆婆：我自己知自己事，睇唔得佢耐，我走咗都要搵人照顧佢。

醫生：都好嘅，佢有人照顧，你又輕鬆啲～呢份表要去照肺嘅，你哋一陣去化驗所照肺呀，報告就兩三日左右有，到時就可以填份表㗎喇～

老婆婆：好啦，唔該醫生。

老婆婆拖住女兒行出診症室～

我：婆婆，呢張紙係畀你去化驗所嘅，你而家去就得㗎喇，聯絡

電話係咪 XXXX－XXXX 呀？份報告到咗，我會打電話通知你㗎～

老婆婆：我可唔可以即刻拎報告㗎？

我：冇咁快有㗎～

老婆婆「哦」一聲後就拖住女兒一齊離開診所⋯⋯

兩日後報告返到嚟，醫生：寶豬，你打電話畀阿婆話佢知拎得份報告，可以返嚟啦～

我打電話到老婆婆留嘅手機號碼，「你所打嘅電話暫時未能接通，請你遲啲再打過嚟啦」⋯⋯

我：醫生，電話唔通呀～

醫生：又係咁呀～唔緊要啦，同佢 Keep 住份 X－ray 先啦，你放喺嗰個箱度得啦～

我揭開一份份嘅 X－ray，報告上嘅名字全部一樣，全部都係屬於婆婆的，我問：點解呢個婆婆（女兒）咁多 X－ray 喺度冇拎嘅？

醫生：個阿婆隔六七個月就會嚟一次，成日都話諗通咗要申請個女入院舍，次次照完肺就冇咗影，應該係唔捨得啦！佢由身體好好講到而家都行唔穩啦！佢講過「只要自己仲有力，都要貼身照顧個女」，做人阿媽成世人就係為咗照顧個女，畀我都唔捨得啦！

媽媽
喊吓啦……

呢箱 X－ray，係老婆婆對女兒嘅不捨，對女兒盡心盡力照顧嘅證據…就等呢箱充滿愛嘅 X－ray 繼續封塵吧～

隔咗冇耐，一個陌生嘅婆婆帶住婆婆（女兒）到診所，再冇十指緊扣……

婆婆：姑娘，佢之前係咪喺度做咗身體檢查㗎？

我：唔好意思，請問你係佢邊位呀？

婆婆：我係佢家姐～

我：哦？唔好介意我多口問，平時照顧開佢嘅婆婆呢？

婆婆眼眶紅了：我媽過咗身喇…佢走前交帶咗阿妹要入院舍嘅事…

我望住一直低頭望住自己對手，一直自己搓著自己雙手嘅婆婆（女兒），我鼻都酸了：嗯，麻煩你等等呀…佢之前係做咗照肺，有份填入院舍嘅表格～你坐坐先～

媽媽，辛苦你了，多謝你。 👍 16K

<table>
<tr><td>case
#94</td><td>symptom
remark</td><td>依偎到白頭
＊溫馨系列四</td></tr>
</table>

♡　喺診所入面，有一對老夫婦永遠都好似孖公仔咁一齊睇醫生，因為聽講婆婆係撞聾的。公公話：佢要我講嘢先聽到㗎！

婆婆好似一個少女咁含情脈脈望住公公笑而不語……

有日，公公冇嚟到診所，婆婆自己一個到診所……

我：今日得你一個嘅？

婆婆：阿公佢入咗院呀！

我：咦，你聽到我講嘢嘅？

婆婆：我有助聽㗎，阿公當我聽唔到，佢又鍾意講嘢，咪由得佢講晒囉，邊個講都一樣啫！

我：哦～公公乜事入院呀？冇事吖嘛？

婆婆：老人病啫，佢少少事都嗌生嗌死㗎！

我：哦～冇事就得啦～

婆婆睇完醫生拎完藥之後，冇走到繼續坐喺度，突然興起就訴說想當年：我同阿公爭十幾年㗎，佢細我好多㗎！阿女你知唔知嗰時嘅年代唔接受我哋㗎！我大佢十幾年喎！我離家出走都要嫁畀佢㗎～大家一走，咁就冇咗阿爸阿媽到而家咯！

唉，為啖氣啫！我同阿公又冇兒冇女，得我哋兩個，哎，阿公如果就咁走咗，我都唔知點好咯！跟埋佢一齊走咯！

我唔識點安慰，唯有遞上紙巾：冇事嘅～

佢：人都叉咗腳入棺材咯，我哋呢啲老骨頭話走就走㗎喇～阿公仲話自己後生過我咁多，實係佢燒香畀我食，睇住我走～我仲以為一定係我走先，仲擔心佢一支公冇人陪～老喇老喇，冇鬼用喇，咁大年紀有乜用呀～

我：唔使咁擔心嘅，公公冇乜事就好快出院㗎喇～

佢重複咗以上類似說話接近六七次，望一望鐘：阿女，你就夠鐘食飯咯？

我：係呀～

佢：我都要去買燒腩仔畀阿公咯！佢話明明死唔去，食醫院飯都食死呀！

我：唔好食啲咁油膩嘅嘢啦～～

佢：人都咁老咯，鍾意食乜就食啦！

婆婆篤住枴杖慢慢咁離開診所…

大約一星期後，公公同婆婆再度孖公仔出場。

我：公公你冇事嘛？
公公：冇事喇！可以繼續拖住老婆仔做佢嘅保鏢喇！

婆婆低頭笑住默默點頭，兩個繼續手拖手，做對方嘅枴杖……

一個月……
兩個月……
三個月……

公公嚟到診所，陪伴喺身邊嘅再唔係少女般嘅婆婆，而係一個濃妝艷抹、衣著性感嘅姨姨……

我：公公，今日唔見婆婆嘅？
公公：冇咯，走咗咯，一個肺炎就走咗咯！

我望住眼前春風滿面嘅公公……

婆婆，至少你擔心嘅「冇人陪」冇發生到…喺你生前有一個為你拋棄一切、待你如小妹妹、陪伴左右充當保鏢嘅伴侶，我相信你哋嘅愛情係美滿的。 10K

comments

Gloria Ko
如果我走先，都希望有年青貌美的少女陪我老公呀。

Dicky Cheung
原本都準備喊，突然殺出一個濃妝豔抹、衣著性感嘅姨姨……我頂！

螢光綠豹
活在當下，愛在當下。

Gary Yeung
婆婆喺度嘅時間伯伯照顧到
婆婆佢加零一就夠啦～～

Kathy Tang
婆婆已經好有福氣啦！世事哪有完美！

case	symptom	尋寶的老人
#95	remark	★溫馨系列五

♡ 一個伯伯緩緩推門，隔住隻門只伸個頭入診所問：妹妹，呢度睇醫生幾錢呀？

我：$200呀～

伯伯點點頭，慢慢閂門離開～

隔咗一陣，伯伯又返嚟問：妹妹呀，長者有冇優惠呀？

我：有呀，平啲㗎，係咪睇醫生呢？同你登記先呀～身份證有冇帶呀？

伯伯：有有有～

伯伯喺單薄衣服下掏出一個小小的破爛保鮮密實袋，我大概見到入面大多是沉甸甸嘅硬幣……

伯伯：身份證呀～

我：嗯，伯伯呀，住邊度呀？電話幾多號呀？

伯伯眼珠碌一碌：呀…唔記得呀，老人家唔好記性呀，你求其填呀，附近咁啦～

我：哦～冇問題呀，你記得嘅時候就話我知啦～

伯伯：好呀，我係咪有長者優惠㗎？唔會好貴㗎？

我：伯伯，你放心啦，一定畀個至抵至醒精明價格你呀！絕不取巧！

等咗陣，伯伯入醫生房了。

醫生：今日見邊度唔舒服呀？

伯伯：我肚痛呀～

醫生：有冇肚痾呀？

伯伯：有呀，痾咗好多次啦。

醫生：幾多次呢？

伯伯：唔記得喇，嚟晚都冇好好瞓過，唔記得喇！

醫生：記唔記得嚟日食過啲乜呀？

伯伯：……係咪一定要講㗎？

醫生：你講咗，我先知道你有冇食到啲唔乾淨嘢嘛～

伯伯：我…執咗個飯盒食…入面有幾啖飯同少少油雞肉…我平時都咁食開㗎！冇事㗎！

醫生：嚟日全日淨係食咗呢樣？有冇飲過啲乜呀？

伯伯：好大杯嘅奶茶，入面有好多黑色一粒粒嘅粒粒…我見個後生飲剩咁多就掉，咪唔好嘥…平時我去裝水飲㗎！

醫生：咁你呢啲腸胃炎嚟嘅啫，呢幾日就唔好亂食嘢啦，啲咖啡奶

茶油膩嘢都唔好食唔好飲，食得清淡啲，知唔知呀？

伯伯：知知知，醫生呀，我可唔可以要一兩次藥先呀？

醫生：要咁少唔夠㗎喎～你食住兩日藥先，搞返好個腸胃先！

伯伯：我怕唔夠錢畀醫生你……

醫生：得啦，你出去坐坐先，一陣姑娘就畀藥你，你喺度食一次藥先走啦～

伯伯行返出嚟，坐低等拎藥。

醫生召喚我：寶豬，你去買兩支水同一啲乾糧，唔好買有夾心嗰啲，唔好買你平時食嗰啲，要喡老人家食嘅。明唔明？

你都講到咁白，我點會唔明……

我買完水同乾糧：醫生，得喇～

醫生：嗰個阿伯一陣你畀藥佢就畀埋袋嘢佢，仲有唔使收佢錢啦，識唔識？

我：OKOK！

我：伯伯，可以攞藥喇！

我講解完藥點食之後，拎出乾糧：伯伯呀，你喺度食一次藥先走呀，唔可以空肚食㗎！所以你要食啲嘢先可以食藥，醫生同你準備好㗎喇～（細細聲）醫生會喺閉路電視睇住你有冇食㗎～

伯伯：唔好唔好，啲嘢食你留返畀自己食啦！

一早有準備嘅我拎出一筒麥維他朱古力：我淨係食呢隻，其他我睇唔上眼㗎～我好專一㗎！你食啦，你唔食嘅話，我又唔食，都係擺喺度咋，嘥晒啲嘢呀～

伯伯：哦，好啦好啦，多謝你呀，我呢度啲藥幾錢呀？

我：醫生話見你靚仔，唔收你錢呀～係有個條件，要你食一次藥先走得（我指指 CCTV）。

伯伯笑到咔咔聲，露出崩了缺了嘅牙：多謝醫生多謝醫生，多謝！

伯伯一邊拎住藥坐低，一邊向 CCTV 笑住揮手，乖乖咁喺 CCTV 面前食嘢食藥。

伯伯：我食咗喇！多謝你多謝醫生呀～同我多謝醫生呀！

我：乖喇，記得有唔舒服要返嚟呀，唔好立亂食嘢呀～

伯伯不停回頭向 CCTV 揮手行出診所。

事件係有小後續的，醫生之後遇見伯伯喺街邊垃圾桶「尋寶」，
佢聯絡咗相關組織，希望專業人士幫到佢～

喺香港，我哋平時都有機會見到公公婆婆或者後生一輩喺街邊或
快餐店食二手飯，甚至露宿街頭。佢哋唔係精神病唔係傻，只係
為生存⋯或者我哋都只可以喺遇上時，及時給予少少幫助。

「如果你願意，你就係佢哋嘅及時雨。」醫生曾經咁講過。我相信
呢個香港好多人願意，感謝社會上有一群默默付出而不為人知嘅
好人～ 👍 35K

Ng Wai Cheung
將建高鐵的錢用在社會福利上，老人家和貧苦人士生活就不如此艱難了。

Amorita Yeung
讚完再讚！不單幫到伯伯，重有顧及伯伯感受，真係好！

Ka Yee Chan
感動！我以後都要留意下街邊嘅老人家。

Keon Tam
醫者父母心，喺醫生身上奉行了。但願所有長者晚年能活得有尊嚴。

Heidi Ng
如果街上面見到啲長者賣小手作，一定要幫襯。

Pik-fan Ng
醫術精湛的醫生不少，但慈悲為懷的就不多。

#97-100

診所低能奇觀3

FUNNY + CLINIC

出賣朋友系列
CALLS
CHATS
CONTACTS
朋友 A
等你
朋友 B
順手
朋友 C
一場朋友
朋友 D
唔幫襯
朋友 E
女人病

朋友
你可唔可以拎啲藥畀我食呀?

珍寶豬
你病呀?

病咗好耐喇,我有咳有痰,咳唔出啲痰,有啲鼻水,講嘢好辛苦,開唔到聲咁⋯⋯

你過嚟睇醫生啦~

我唔想睇醫生呀,你求其執啲藥畀我呀!

點可以求其!呢啲嘢冇得求其!你條命好重要㗎!必須認真看待!

你是但執啲藥畀我食先啦,我就快咳死喇!

都話要認真看待咯!你嚟畀大夫把個脈啦!

你轉咗做中醫咩?

啊⋯唔係呀,都係西醫。

咁把乜L嘢脈!

咁⋯你嚟嗱高件衫,畀醫生聽下心口~

你執幾劑藥畀我試下呀!

執你一劑就得，包打到你甩骨，藥係醫生開嘅，我執唔到畀你㗎喎 😈

你是但執啲成藥畀我啦！

我咁重視你！點可以是但！我哋之間係冇是但！只有認真，I love you baby！

我唔係 Sheshe……

世界上已經冇嘢阻止到我對你嘅愛！

你快啲嚟睇醫生啦！ 🐷

冇嘢喇！

我會一直等你！

#97 順手
WhatsApp Special Series - 出賣朋友系列

朋友
你仲有喺診所做呀可？

珍寶豬
有呀

你個醫生有冇料到？

睇普通科冇問題的

佢知唔知人詐病㗎？

知～

咁有料？

識你係咪易啲鬆章？

本人謹以至誠作出宣言～本人會竭誠依法為本診所效力～不畏懼、不徇私、不對他人懷惡意、不敵視他人！

即係有冇得拎假紙？

不徇私呀，而且我老闆邊會為我而做啲乜～

識嘅順手啲嘛！

你順手養埋我啦一

做到有精神病喇你！

朋友
喂？搞緊乜？方唔方便講電話？

珍寶豬
返工中，可以喺度講呀～

是咁的，最近我發現自己有啲問題……

乜問題呀？

你估我食偉哥有冇效呀？

你有冇得彈幾粒畀我試下？

我診所冇偉哥呀，你呢啲見下醫生先啦～

我係對我老婆扯唔起，對其他女人就冇問題……

屌！你偷食講我知做乜春？

因為我哋係可以乜都講嘅朋友～

你有病就去睇醫生！

你可唔可以畀我試下？

試你老味！

一場朋友畀我試下充唔充到血得㗎啦！

你醫生有冇得睇呢啲問題？

我醫生都係轉介你去專科。

你會唔會同我檢查？

你係咪著住制服？有冇著絲襪？

Block 你！ Block 你！ Block 9 你呀！
從此我嘅 WhatsApp 世界又清靜得多了……

#99 唔幫襯
WhatsApp Special Series - 出賣朋友系列

朋友
Hi～

> **珍寶豬**
> 嗨～

個女今日冇返學～

> 唔舒服呀？

今日迪士尼大減價呀！

> （我心諗關我乜事）哦？係呀？

你仲做診所？

> 係呀！

幫我個女寫張病假紙呀！

> 嚟見醫生先呀～

我哋要睇埋煙花先走呀，未睇完你都收工啦！

我個女交畀學校啫，你是但潦幾個字就得啦～

你知佢好鍾意公主㗎，冇病假紙交返學校好麻煩㗎！

一係你畀張病假紙我呀，我畀返錢你呀，你自己袋～

我哋冇假紙賣……

你老闆唔會變態到數病假紙呀？

少咗一兩張唔覺嘅，你又有得賺！

Sorry，幫你唔到～

哦～唔緊要，以後唔幫襯你咋嘛！

好呀！

嗱！做人要有口齒呀！你係唔嘥，
我第一個拍手掌呀！不過……你好似一家幾口
都從未喺我診所度睇過呀？

case #100 女人病
WhatsApp Special Series - 出賣朋友系列

朋友

珍寶豬
係～

你而家做嗰個係女醫生定男醫生？

男的

睇唔睇女人病㗎？

睇呀

我怕尷尬……

放心啦，醫生日日睇百幾個，都唔會記得
邊個打邊個～再唔係你搵女醫生都得呀～

女都會尷尬呀！

你可唔可以幫我問醫生㗎？

問乜嘢？

我 Send 張相畀你，不過你睇
完問完要 Delete，得唔得呀？

咪住！唔好Send住～講清楚乜相先？

我自己影患處嘅相……

……你不如自己嚟俾醫生睇下啦～

我冇得幫你問診㗎……

朋友傳來一張相片…患處係下……巴……

你生暗瘡都唔敢睇醫生？

係呀，啲人話係內分泌失調先下巴生呢啲瘡…

嚇死我呀！我以為你下面生椰菜呀！

黐線！

大佬，又女人病又尷尬，真係好易估錯隔籬嘛！

讀者有話兒

　　還記得初次接觸《診所低能奇觀》是在 Facebook，當時覺得文章頗有趣之餘，也顯露「一樣米養百樣人」的人生百態。

　　追蹤 Fans page 看著珍寶豬文筆愈來愈好，比喻法更用得很好，雖然有時候有少許粗言，但就是這樣才能傳情達意！

　　話說回來，我從以下一事真正感受到珍寶豬的 Fans page 不同一般 Fans page（很多 Fans page 都是管理人代回覆）：

　　珍寶豬當年旅遊，在 Facebook post 了相片，要各 Fans 猜猜她去哪兒。本人即管留言猜猜，沒想到最後讓我猜中旅遊地點，更被抽中獲獎。雖然獎品非千金鑄造，但心意比一切來得真摯！

　　繼續加油！繼續寫文章！

DANIEL LO
香港長大、澳門定居的 Fans

呢間低能診所好犀利，開咗兩間分店，而家開埋第三分店。菇涼繼續集百家之大成、集大家姐之霸氣於一身，令大家一日一小笑、幾日一大笑，真係要恭喜賀喜！

近期好多唔開心嘅新聞時有發生，但咩唔開心都好，仆吓街、跌低吓，再企返起身，正所謂「其實落雨又有咩好怕」呢？放鬆啲啦香港人，診所滿希望、低能由你創呀！

DENISE TANG

《診所低能奇觀》？好睇！笑死我！不過最尾《秀婆婆》嗰段我喊到豬頭咁囉⋯⋯

《診所低能奇觀2》？好睇！笑鬼死我！最尾《大家姐》篇嗰幾段係全本書「重中之重」⋯⋯

其實珍寶豬係一個咩人？字裡行間我覺得佢係集天真、可愛、膽小(但有啲啲正義感)、感性、善良、細心、為食、有愛心嘅肥妹仔。呢啲係做老婆嘅好材料。若然多幾個珍寶豬，個世界都會祥和啲⋯⋯

寶豬，加油！請將更多笑聲帶畀大家！我哋姓「死」一族以妳為榮！！

PATRICK PAU

睡眠冷知識

zᶻᶻ

任何形式的運動
都有利於提升睡眠品質

＊ 本資料只供參考，如有任何疑問就去搵醫生喇！

67%

有運動的人
說自己會因日常運動
而睡得更好

正呀喂！

72% 常做激烈運動的人
說自己從未經歷過失眠

瞓啦！

不做運動的人
說自己睡眠品質差 **61%**

不行了！

診所低能奇觀3

FUNNY ✛ CLINIC

作者 ✦ 珍寶豬

出版總監 ✎ Jim Yu
特約編輯 ✎ Venus Law
編輯 ✎ 點子出版編輯部

美術設計 ✎ Katiechikay
插畫 ✎ 安祖娜 D.
製作 ✎ 點子出版

出版 ○ 點子出版
地址 ○ 荃灣海盛路 11 號 One Midtown 13 樓 20 室
查詢 ○ info@idea-publication.com

發行 ✎ 泛華發行代理有限公司
地址 ✎ 將軍澳工業邨駿昌街 7 號 2 樓
查詢 ✎ gccd@singtaonewscorp.com

出版日期 ✎ 2016 年 7 月 20 日　初版
　　　　　 2019 年 1 月 31 日　第三版
國際書碼 ✎ 978-988-14701-6-4
定價 ✎ $88

Powered by

wacom

點子出版
IDEA PUBLICATION

診所
低能奇觀
3